鲸歌

金色俄罗斯
Золотая Россия

鬼玩偶

Чертова кукла

[俄] 吉皮乌斯 / 著
赵艳秋 / 译

四川人民出版社

图书在版编目（CIP）数据

鬼玩偶／（俄罗斯）吉皮乌斯著；赵艳秋译. —成都：四川人民出版社，2017.8
（金色俄罗斯）
ISBN 978－7－220－10305－6

Ⅰ.①鬼… Ⅱ.①吉…②赵… Ⅲ.①长篇小说－俄罗斯－现代 Ⅳ.①I512.45

中国版本图书馆 CIP 数据核字（2017）第 189166 号

GUIWANOU
鬼 玩 偶
（俄）吉皮乌斯/著　赵艳秋/译

策划组稿	张春晓
责任编辑	张　丹
装帧设计	张　妮
责任校对	袁晓红
责任印制	祝　健

出版发行	四川人民出版社（成都槐树街 2 号）
网　　址	http://www.scpph.com
E-mail	scrmcbs@sina.com
新浪微博	@四川人民出版社
微信公众号	四川人民出版社
发行部业务电话	（028）86259624　86259453
防盗版举报电话	（028）86259624
照　　排	四川胜翔数码印务设计有限公司
印　　刷	成都东江印务有限公司
成品尺寸	140mm×203mm
印　　张	9.75
字　　数	185 千
版　　次	2017 年 10 月第 1 版
印　　次	2017 年 10 月第 1 次印刷
书　　号	ISBN 978－7－220－10305－6
定　　价	35.00 元

■版权所有·侵权必究

本书若出现印装质量问题，请与我社发行部联系调换
电话：（028）86259453

金色的"林中空地"（总序）

汪剑钊

2014年2月7日至23日，第二十二届冬奥会在俄罗斯的索契落下帷幕，但其中一些场景却不断在我的脑海回旋。我不是一个体育迷，也无意对其中的各项赛事评头论足。不过，这次冬奥会的开幕式与闭幕式上出色的文艺表演给我留下了深刻的印象，迄今仍然为之感叹不已。它们印证了一个民族对自身文化由衷的热爱和自觉的传承。前后两场典仪上所蕴含的丰厚的人文精髓是不能不让所有观者为之瞩目的。它们再次证明，俄罗斯人之所以能在世界上赢得足够的尊重，并不是凭借自己的快马与军刀，也不是凭借强大的海军或空军，更不是凭借所谓的先进核武器和航母，而是凭借他们在文化和科技上的卓越贡献。正是这些劳动成果擦亮了世界人民的眼睛，引燃了人们眸子里的惊奇。我们知道，武力带给人们的只有恐惧,而文化却值得给予永远的珍爱与敬重。

众所周知,《战争与和平》是俄罗斯文学的巨擘托尔斯泰所著的一部史诗性小说。小说的开篇便是沙皇的宫廷女官安娜·帕夫洛夫娜家的舞会,这是介绍叙事艺术时经常被提到的一个经典性例子。借助这段描写,托尔斯泰以他的天才之笔将小说中的重要人物一一拈出,为以后的宏大叙事嵌入了一根强劲的楔子。2014年2月7日晚,该届冬奥会开幕式的表演以芭蕾舞的形式再现了这一场景,令我们重温了"战争"前夜的"和平"魅力(我觉得,就一定程度上说,体育竞技堪称是一种和平方式的模拟性战争)。有意思的是,在各国健儿经过数十天的激烈争夺以后,2月23日,闭幕式让体育与文化有了再一次的亲密拥抱。总导演康斯坦丁·恩斯特希望"挑选一些对于世界有影响力的俄罗斯文化,那也是世界文化遗产的一部分"。于是,他请出了在俄罗斯文学史上引以为傲的一部分重量级人物:伴随拉赫玛尼诺夫第二钢琴协奏曲的演奏,普希金、果戈理、屠格涅夫、托尔斯泰、陀思妥耶夫斯基、契诃夫、马雅可夫斯基、阿赫玛托娃、茨维塔耶娃、布尔加科夫、索尔仁尼琴、布罗茨基等经典作家和诗人在冰层上一一复活,与现代人进行了一场超越时空的精神对话。他们留下的文化遗产像雪片似的飘入了每个人的内心,滋润着后来者的灵魂。

美裔英国诗人T. S. 艾略特在《诗的作用和批评的作用》一文中说:"一个不再关心其文学传承的民族就会变得野蛮;一个民

族如果停止了生产文学,它的思想和感受力就会止步不前。一个民族的诗歌代表了它的意识的最高点,代表了它最强大的力量,也代表了它最为纤细敏锐的感受力。"在世界各民族中,俄罗斯堪称最为关心自己"文学传承"的一个民族,而它辽阔的地理特征则为自己的文学生态提供了一大片培植经典的金色的"林中空地"。迄今,在这片土地上生根发芽并长成参天大树的作家与作品已不计其数。除上述提及的文学巨匠以外,19世纪的茹科夫斯基、巴拉廷斯基、莱蒙托夫、丘特切夫、别林斯基、赫尔岑、费特等,20世纪的高尔基、勃洛克、安德列耶夫、什克洛夫斯基、普宁、索洛古勃、吉皮乌斯、苔菲、阿尔志跋绥夫、列米佐夫、什梅廖夫、波普拉夫斯基、哈尔姆斯等,均以自己的创造性劳动进入了经典的行列,向世界展示了俄罗斯奇异的美与力量。

中国与俄罗斯是两个巨人式的邻国,相似的文化传统、相似的历史沿革、相似的地理特征、相似的社会结构和民族特性,为它们的交往搭建了一个开阔的平台。早在1932年,鲁迅先生就为这种友谊写下一篇"贺词"——《祝中俄文字之交》,指出中国新文学所受的"启发",将其看作自己的"导师"和"朋友"。20世纪50年代,由于意识形态的接近,中国与俄国在文化交流上曾出现过一个"蜜月期",在那个特定的时代,俄罗斯文学几乎就是外国文学的一个代名词。俄罗斯文学史上的一些名著,如《叶甫盖尼·奥涅金》《死魂灵》《贵族之家》《猎人笔记》《战争与和平》《复活》《罪与罚》《第六病室》《丽人吟》《日瓦戈医生》《安魂曲》《没有主人公的叙事诗》《静静的顿河》《带星星的火车票》《林中水滴》《金蔷薇》和《钢铁是怎样炼成的》等,都曾经是坊间耳熟能详的书名,有不少读者甚至能大段大段背诵其中精彩的章节。在一定程度上,我们可以说,翻译成中文的俄罗斯文学作品已构成了中国新文学的一个重要组成部分,成为现代汉语中的经典文本,就像已广为流传的歌曲《莫斯科郊外的晚上》《三套车》《喀秋莎》《山楂树》等一样,后者似乎已理所当然地成为中国的民歌。迄今,它们仍在闪烁金子般的光芒。

不过,作为一座富矿,俄罗斯文学在中文中所显露的仅是冰山一角,大量的宝藏仍在我们有限的视域之外。其中,赫尔岑的人性,丘特切夫的智慧,费特的唯美,洛赫维茨卡娅的激情,索洛古勃与阿尔志跋绥夫在绝望中的希望,苔菲与阿维尔琴科的幽默,什克洛夫斯基的精致,波普拉夫斯基的超现实,哈尔姆斯的怪诞,等等,大多还停留在文学史上的地图式导游。为此,作为某种传承,也是出自传播和介绍的责任,我们编选和翻译了这套"金色俄罗斯丛书",其目的是进一步挖掘那些依然静卧在俄罗斯文化沃土中的金锭。可以说,被选入本丛书的均是经过了淘洗和淬炼的经典文本,它们都配得上"金色"的荣誉。

行文至此,我们有必要就"经典"的概念略做一点说明。在汉语中,"经典"一词最早出现于《汉书·孙宝传》:"周公上圣,召公大贤。尚犹有不相说,著于经典,两不相损。"汉朝是华夏民族展示凝聚力的重要朝代,当时的统治者不仅实现了政治上的统一,而且也希望在文化上设立标杆与范型,亟盼对前代思想交流上的混乱与文化积累上的泥沙俱下状态进行一番清理与厘定。客观地说,它取得了一定的成效,虽说也因此带来了"罢黜百家"的重大弊端。就文学而言,此前通称的"诗三百"也恰恰在那时完成了经典化的过程,被确定为后世一直崇奉的《诗经》。关于"经典"的含义,唐代的刘知幾在《史通·叙事》中有过一个初步的解释:"自圣贤述作,是曰经典。"这里,他将圣人与前贤的文字著述纳入经典的范畴,实际是一种互证的做法。因为,历史上那些圣人贤达恰恰是因为他们杰出的言说才获得自己的荣名的。

那么,从现代的角度来看,什么是经典呢?商务印书馆出版的《现代汉语词典》给出了这样的释义:1. 指传统的具有权威性的著作:博览经典。2. 泛指各宗教宣扬教义的根本性著作。不同于词典的抽象与枯涩,意大利著名作家卡尔维诺归纳出了十四条非常感性的定义,其中最为人称道的是其中两条:其一,一部经典作品是一本每次重读都像初读那样带来发现的书;一部经典作品是一本即使我们初读也好像是在重温的书。其二,经典作品是一些产生某种特殊影响的书,它们要么自己以遗忘的方式给我们的想象力打下印记,要么乔装成个人或集体的无意识隐藏在深层记忆中。参照上述定义,我们觉得,经典就是经受住了历史与时间的考验而得以流传的文化结晶，表现为文字或其他传媒方式，在某个领域或范围具有一定的权威性和典范性，可以成为某个民族、甚或整个人类的精神生产的象征与标识。换一个说法，每一部经典都是对时间之流逝的一次成功阻击。经典的诞生与存在可以让时间静止下来，打开又一扇大门，带你进入崭新的世界，为虚幻的人生提供另一种真实。

或许，我们所面临的时代确实如卡尔维诺所说："读经典作品似乎与我们的生活步调不一致，我们的生活步调无法忍受把大段大段的时间或空间让给人本主义者的悠闲；也与我们文化中的精英主义不一致，这种精英主义永远也制定不出一份经典作品的目录来配合我们的时代。"那么，正如沙漠对水的渴望一样，在漠视经典的时代，我们还是要高举经典的大纛，并且以卡尔维诺的另一段话镌刻其上："现在可以做的，就是让我们每个人都发明我们理想的经典藏书室；而我想说，其中一半应该包括我们读过并对我们有所裨益的书，另一些应该是我们打算读并假设对我们有所裨益的书。我们还应该把一部分空间让给意外之书和偶然发现之书。"

愿"金色俄罗斯"能走进你的藏书室，走进你的精神生活，走进你的内心！

译 序

吉皮乌斯的小说，同时代人们的评价褒贬不一，且以贬损居多。有批评家、诗人和读者认为，她的作品虽然构思严谨，但是往往落笔粗疏，不够真实，并且弥漫着神秘的宗教色彩。更有甚者，指责吉皮乌斯本人就是"鬼玩偶"。对于这样的称呼，一向自由不羁、独具一格的吉皮乌斯毫不在意，她甚至还有些自鸣得意，于是就把自己的一部作品直接命名为《鬼玩偶》，以应各方。这部作品最初在《俄罗斯思想》杂志上发表，连载了三期。同年，也就是1911年，在圣彼得堡整理出版。

吉皮乌斯有意创作具有"社会典型"的思想小说三部曲，《鬼玩偶》和《王子传奇》是其中的两部，另外一部《真实的诱惑》未能完结。之所以说它们是思想小说，是因为受到俄国第一次大革命的冲击，与她早期的作品不同，吉皮乌斯转而更多地关注社会命运。通常，吉皮乌斯深受陀思妥耶夫斯基思想的影响，作品宗教意味浓厚，主旨大多关乎爱情、死亡和人生。革命前后，对人类心灵的叩问，对社会变革的深思，成为吉皮乌斯作品新的主题。《鬼玩偶》通过对主人公尤里及其周围人物命运的勾勒与刻画，描绘出第一次大革命之后俄国的社会现实和革命者的生活境遇，揭示出个体存在的多样性……作者除了想表达自己的宗教哲学观点外，还试图为俄国革命找寻出一扇希望之门。

小说的名称由语义上完全对立的两部分组成。有趣的是，吉皮乌斯本人并不接受"二元对立"的世界观。全书共有三十三章，这大概与作者三位一体的宗教思想有着某种神秘的联系。故事发生在彼得堡，这是吉皮乌斯流亡之前一直居住生活的城市。书中所描绘的"三一会"亦即现实中吉皮乌斯、梅列日科夫斯基以及费洛索弗夫三人组成的"圣三一体"的家庭生活。他们想通过宗教革命来改变社会，消除肉体和精神之间的鸿沟，破除基督教所宣扬的"人生来有罪"的禁锢，让宗教和艺术融为一体。书中参与那场激昂文学辩论会的人，其实大都是在暗指吉皮乌斯身边的文人，如用历史学家彼托姆斯基影射梅列日科夫斯基，把诗人拉耶夫斯基类比成阿普赫金，那位才华横溢、模样俊俏的年轻人指涉的正是象征派诗人勃洛克……此外，之所以选择陀思妥耶夫斯基的作品来公开辩论，是因为现实生活中吉皮乌斯和梅列日科夫斯基都是这位作家的拥趸。关于陀氏，他们写过很多。陀氏的思想，包括宗教哲学、政治和道德观念在他们的作品中都获得延伸。小说里被寄予改变时代命运的"新人"也与作者早期的小说集《新人》形成互应。

  《鬼玩偶》这部小说，内涵丰富，布局巧妙，情节离奇，扣人心弦……暗示、推测、未完结的句子，引领人们一步步逼近故事的结局……不可思议又在情理之中。毋庸置疑，整部作品的现实性并没有因为时空的距离而消弭。事实的描述饱满充分，论说也极具说服力，由此引发的思考则让人着迷。那些看似模糊，实则清晰，信手拈来的语言传递出一种难以觉察的、神秘的、稀有的、至善的情绪……

  吉皮乌斯是"白银时代"不可替代的存在，珍视也罢，藐视也罢，都不可能无视。她的才华不应因她的信仰而折损，亦如维特根斯坦的思想光芒不会因为他的政治立场而黯淡。近年来，国内对吉皮乌斯的诗歌和回忆录已有译介。如今这部长篇小说《鬼玩偶》的翻译出版，表明百年之后，人们对那段历史已经超然，这或许能为还原一个更加立体丰富的俄罗斯诗人吉皮乌斯做出点绵薄的贡献。至于到底该如何评价吉皮乌斯，可以说各人有别，这里不妨参考一下吉皮乌斯自己的评价：相较于诗人而言，我更是个小说家和批评家。

  2017年，是俄国二月革命和十月革命爆发一百周年。国内首次译介吉皮乌斯的长篇小说《鬼玩偶》，我有幸参与其中！

  是为序。

2017年3月25日
于复旦大学

目 录
Contents

第一章　尤卢里亚　　/001

第二章　学生方式　　/009

第三章　娇艳的花　　/014

第四章　在母猫味儿的楼梯上　　/016

第五章　阶下囚　　/021

第六章　多样的爱　　/028

第七章　鞋掌上的干草　　/044

第八章　睡觉觉吧　　/049

第九章　卧谈会　　/054

第十章　丰坦卡宅邸　　/067

第十一章　法国女人　　/078

第十二章　消　遣　　/083

第十三章　约　会　/090

第十四章　何为罪　/094

第十五章　萨沙的事　/097

第十六章　自杀者　/101

第十七章　女裁缝　/106

第十八章　老生常谈　/113

第十九章　判　决　/121

第二十章　鬼玩偶　/125

第二十一章　枪声事件　/150

第二十二章　屋顶上的马蹄声　/159

第二十三章　三一会　/175

第二十四章　幽暗的笑　/191

第二十五章　儿童娱乐　　/196

第二十六章　沉　默　　/205

第二十七章　未收到的信　　/214

第二十八章　末　日　　/216

第二十九章　咸海和绿海　　/231

第三十章　公开的和秘密的　　/243

第三十一章　过　客　　/257

第三十二章　红房子　　/270

第三十三章　头　骨　　/286

第一章　尤卢里亚[1]

他们几乎撞在了一起——两个人都健步如飞。他们抬眼互相望了望。那位穿着朴素，甚至有些寒酸的姑娘，先开了口：

"您好。是您吗？"

"娜塔莎！我差点儿认不出你了。唉，我们可太久没见了啊！"

"的确……很久了……但我总觉得像昨天才刚见过您。您好像还只有十七岁似的。"

"要真那样就好了。可我现在都二十多了。您现在住在这巴黎吗？"

娜塔莎打完第一声招呼后似乎后悔叫住了他。

她有些踌躇：

"是啊……这不就见面了么。也许我们还会再见的吧，德沃耶

---

[1] 尤卢里亚全名是尤里·尼古拉耶维奇·德沃耶库洛夫。文中出现的德沃耶库洛夫、尤里·德沃耶库洛夫、尤里亚·德沃耶库洛夫、尤里、尤里亚、尤拉均系同一人，是对此人的不同称谓。——译者注

库洛夫先生。但现在我……"

"您是要和我道别了吗?那就请便吧。说实话,娜塔莎,我本来不打算找您了。但是既然我们碰上了,那我们就聊上几句吧。我都有点忘了自己当年和你们在一块时是什么样子,还有您、米哈伊尔和其他人。单纯忘了,没想过,也没想过今天会是什么样儿。多巧啊——我又遇见了您,很想叙叙旧。何必要回避这美好的邂逅呢?"

他边说边微笑着。笑容很夸张:红光满面,意味深长。

娜塔莎也不由自主地笑了。

"我马上又要去俄罗斯了。"他接着说道,"这一次大概要去很久。我们也许不会再见了。"

"去俄罗斯吗?"娜塔莎若有所思。

他们一起沿着宽阔的人行道慢慢走着。在索邦大学附近的林荫大道上,一群素朴的年轻人从他们身旁呼啸掠过。巴黎冬日黄昏的阴霾从空中压了下来。

"娜塔莎,现在怎么说?我们要告别了吗?"

她又沉默了片刻。

"不,没关系。走吧,我们再坐一会儿吧。哪怕是在卢森堡公园也好。"

她往前走了几步,穿过马路,往花园的篱笆旁走去。赤碧交杂的寒暮早早地笼罩在影影绰绰的树林上空。光秃秃的树枝发出冰冷的吱呀声,好像关节弯曲发出的声响。一切犹如彼得堡五月的深夜。

"聊聊您自己吧。"娜塔莎打了个寒战。

他们在离水池不远的长凳上坐了下来。

"我还是和原来一样。在这儿学化学……"

"学化学?"娜塔莎很是惊讶。

"是啊……您大概记得我以前在德国学过哲学吧?我以前也说过,其实化学更实用。而至于哲学,我自己的已经足够了。唉,聊这些没什么意思了。化学不化学的,对您来说还不都一样吗?只是我知道,什么更合适我。"

"您要去俄罗斯了?"

"是啊,得和彼得堡的大学脱离关系。我还想在彼得堡住上一阵子。娜塔莎,您是一个人住在这儿吗?米哈伊尔呢?还有……还有谁来着?他们都在哪儿?"

娜塔莎又开始沉默。

"我不知道……"她小声支支吾吾。

"您不想说吗?好吧,那就别说了。我其实也不感兴趣。于我而言,他们,还有娜塔莎您,都是过去的事了。这一段往事那么亲切、快乐,又那么鲜活,所以才想回忆回忆。只是现在看着您,我在想,是不是该离开了。您脸上愁云密布,一筹莫展的。"

"稍等一下。我最害怕这样和您说话,已经习惯了,尤卢里亚。而您却没什么可害怕的,您——可真幸福啊。"

"我是很幸福的。"他轻描淡写。

"而且您从不说谎。"

"不,需要的时候我也会说谎。一定会的。但仅限于需要的时候。"

娜塔莎站起身。

"亲爱的尤卢里亚,现在和我聊天会让您了无生趣的。我们还是相互道别吧。只是我还有一事相求:您是要去彼得堡吗?请您找到我的哥哥。我明早会往您那儿寄一份给他的小包裹,好吗?您住在哪里?"

尤卢里亚也站起身来。他体格健壮、四肢颀长,活像一棵小枞树。

"我就住在附近,娜塔莎,但您还是不要给我寄包裹了。我不会去找米哈伊尔的。我不需要他。别伤心,亲爱的,我会难过的。我说的都是我的真实感受。如果米哈伊尔需要我,他会找到我的,我也不会躲着他。请您理解,我现在没必要找米哈伊尔,我何必要把这包东西带给他,转交给他呢?这是别人的事,而别人的事我总是忘,也做不好。亲爱的,别生气。"

娜塔莎笑了,又坐下来,倏然回想起她曾经认识的那个他,他和别人、和她身边的人都有些不同。回想起,那时她总是很快乐,好奇地望着他,听他说话。大家都很喜欢他,也不知道是什么原因；但娜塔莎与其说是喜欢他，不如说是细细观察。后来渐渐忘了。从那以后生活经历了太多。

"您笑了？不生气吗？"

"不，不生气。哎，我真傻呀。我和您遇上，可又好像不是和您似的。别管什么包裹了。快开春的时候我也要去彼得堡。如果我或米哈伊尔愿意的话，我们会找您的。"

"那就太好了！现在和您在一起就轻松多了……不，不过和以前还是不大一样。您满脸的疲惫不堪。哎，娜塔莎！这是为什么？我毕竟是了解您和米哈伊尔的。"

"您都了解什么呢？"

尤里不吭声了。他不愿意再说下去。气氛又变得有些沉闷、压抑。他喜欢聊天，但会尽量避免评头论足。和娜塔莎偶遇的几分钟里，他回想起了她和她的哥哥，脑海中清晰地浮现出，如果从那时候算起，他们现在应该是什么样子。难道他还有必要说吗？

"米哈伊尔还是和从前一样。"娜塔莎说道。

"啊，是啊，是啊。也许已经不是从前的那个他了，但是像从前一样有责任地活着。一个阶下囚。"

"不然怎么办呢？怎么活呢？"娜塔莎轻声问。

"哎，我也不知道……我也给不出别人什么好建议。简单地生活吧，不要找任何信仰了。您是个怀疑论者，娜塔莎，只不过是郁郁寡欢那类型的，不是快乐型的。您从来都不相信任何事物，却因此而自己生闷气。您太可怜了,真可怜!"

他温柔而怜悯地打量着她。

"请原谅我,亲爱的。唉,不过没关系,反正您总是可以用自己的方式找到心理平衡的,没关系。"

他似乎急着要离开了。他已经不想再回忆,她是多么不快乐……懊丧的情绪膨胀开来,整个气氛很不愉快。

"您这是在可怜我,"娜塔莎说,"而我却经常羡慕您,米哈伊尔是不会的。科诺尔呢,是又骂又羡慕。"

"那又怎么样?"德沃耶库洛夫说,"我很幸福,因为我想这样,也是自己选的。而他们大概有更多的打算和顾虑吧……"

"是说您自己吗?"娜塔莎暗示道。

"不然说谁呢?"

娜塔莎若有所思地看着他。她没走。也许,也没在思考他说的话。她的双眸明亮,闪着明媚的光芒,但似乎十分空洞。

"还记得赫霞吗,尤卢里亚?"她突然问。

他抬了抬眉毛,脸上洋溢的美态倏地阴郁下来。

"您可真是哪壶不开提哪壶啊!想起赫霞我真的很痛苦!我完全不能接受她的爱。我根本不喜欢她。实际上,这跟您毫无关系。不对,娜塔莎,我现在后悔同您说话了。您不擅于回忆过去,不会找乐子,也不会生活。我和您待在一起觉得很无聊、很沮丧。"

他打算转身离开了,但又停了下来,温柔地把一只手搭在娜塔莎的肩上。

"我们别争了,我不想同您争论。您的一切对我来说都是亲切的、美好的过去,是生活的一个片段。那时能遇见您,我很高兴!您还记得那是怎样的一段时光吗?当时,大家是多么活泼、多么年轻和快乐啊……"

"还有信仰……"娜塔莎轻声说道。

"得了吧!我的信仰自始至终从没有变过,而我当时和您在一起。难道我有什么事儿瞒过您吗?是我夸大其词来印证您的说法吗?哪怕当年我们一起在莫斯科生活,过着朝不保夕的日子,我完成您分配的差事,而您,刚好完成我的,那个时候我骗过您吗?难道我努力让您相信,我是属于您的,至死都会为革命奋斗,我和您想的一样吗?"

"那时候没空探讨这些……"

"是啊,但我还是找机会向您和米哈伊尔说出了真心话。我说,我不是您的,而是我自己的。我替您做事只是因为这件事让我感到愉快,很吸引我,我喜欢做这件事——年轻气盛应当喜欢这类事。否则,如果我当时冷眼旁观,不亲自参与的话,我的青春便是不完整的,生活大概也不会圆满。您还记得这些吧?"

"我记得,记得。"娜塔莎忧伤地说,"况且,您是对的。但是赫霞也没有错,即便她不相信这一切,以自己的方式爱着您。"

德沃耶库洛夫不耐烦地耸了耸肩。他原本想说,是啊,她没错,这一切也都不重要。但也正是因为无关紧要和无聊的沮丧,他没把这些话说出口。

"现在花园要关门了,我该走了,对不起。"娜塔莎回过神来,"我要走了……然后……无所谓了。"她坚定地补了一句,"很高兴遇见您。如果您不能变成别人,就请做您自己吧。祝您幸福。"

"我会的,会幸福的!"

他面带微笑,用力握了握她的手,久久目送她离去。

她离开了他,灰色的身影融进暗淡暮色中。即使衣着寒酸,她的倩影依然窈窕曼妙,宛若一位乔装过的公主。

尤里从花园走到林荫道上,街上现在是灯火通明,人群辉映出斑斓的光彩。

德沃耶库洛夫想:和赫霞相比,我还是更喜欢娜塔莎。她有自己的分寸……有时候又会乱了分寸。这很迷人。不知为什么没有想过这些。……

"Oh, le joli garçon(噢,多帅的小伙子啊)!"一个春风满面的"咖啡女郎"不住地眨着眼睛冲他喊。

尤卢里亚习惯性地报以微笑,从她身旁走了过去,一直往前走,脑海里还在想着娜塔莎,但是,也渐渐淡忘了。

第二章　学生方式

年迈参议员尼古拉·尤里耶维奇·德沃耶库洛夫[1]的那张脸尽管刮过胡子，依然是邋里邋遢，眼神凶狠又毫无生气。他害着足痛风病。足痛风很严重，一直很难从圈椅上站起身来，已经很久没有出过远门了。

没有人记得他。他自己明白这一点。因为愤恨和无聊，他一直在写些东西，不知是回忆录还是日记，而且他也不打算找一个秘书助手。

他曾经贫穷吝啬，尖酸刻薄，形单影只。他那半间屋子，一般没有人愿意待上一整天，除了他的女儿丽塔。

这"半间屋子"是他那当伯爵夫人的岳母分给他的，光线极差，装潢也不漂亮，高耸的天花板和暗淡、古旧、沉重的家具融

---

[1] 尼古拉·尤里耶维奇·德沃耶库洛夫是尤里·尼古拉耶维奇·德沃耶库洛夫的父亲——译者注

合在一起营造出一种寂静的庄严感。

十六岁的丽塔和外祖母,也就是这位伯爵夫人住在一起。老太太的女儿刚刚过世,她就把这个小姑娘接到自己这里。她不能原谅自己的外孙女姓德沃耶库洛夫,但这毕竟是自己那不幸女儿的亲骨肉。所以,她至少要让小女孩儿能获得应有的教育。

对自己的女婿尼古拉·尤里耶维奇,铁石心肠的老太婆始终心怀憎恶,这种情绪不易察觉,也颇令人费解。他们一连几个月都不会见上一面。

但奇怪的是,对于尤里,也就是尼古拉·尤里耶维奇和第一任妻子所生的儿子,年迈的伯爵夫人却是一年比一年宠爱。这到底是因为他的母亲,如伯爵夫人所知,也是一个虽然贫寒,但"出身不错"的小姐(德沃耶库洛夫这类人可真是走运!),抑或因为她就是喜欢尤里本人,实在不得而知。但她始终对他满口称赞,甚至信任有加。

"Décidément, ma petite, c'est un garçon très bien élevé(很肯定地说,我的心肝儿,他是个很有教养的孩子)。"她在每一次"接见"完外孙子后,都会晃着脑袋这样评价。尤里确实讨人喜欢。

丽塔开心得脸颊绯红。他当然讨人喜欢了!谁会不喜欢他呢!

不管是父亲还是伯爵夫人,都从来没想过要限制尤里的自由。他可以自己支配这份自由,把它当成自己不可分割的财产。况且,从十七岁开始,他甚至不告诉任何人自己在做什么,无论路途远近也都不透露自己的去向。他从不会伸手要钱来花,这一品质被伯爵夫人视若珍宝,而父亲则将其视为理所当然,他从不操心尤里应得的那一百卢布是否够用。

不过,尤里前往德国和巴黎的两次出国游历,父亲给了他一些多余的零花钱,伯爵夫人又自愿多给他填补了一些。

冬天快结束的时候,尤里从巴黎回来,立刻向家里宣布已经在瓦西里耶夫斯基岛租好了方便上下学的房屋。但他不会搬走,只是不会总在家里过夜罢了。

父亲什么都没说,伯爵夫人也接受了,丽塔虽然伤心,但并未表露出来。事情就这样定了下来。

"你的房间很好,和学生宿舍一样。"列夫科维奇略显伤感,"只是永远也碰不到你了。我去过你家,——不在。这是我第三次来,我打听到了地址。"

"你有什么需要吗?"

"不,不需要,我就是这样的人。你想想看,从你回来时候算起,一共才见过你两次。"

尤里的房间的确不错,只是稍显拥挤。角落里的那张长桌子上堆满了各种瓶瓶罐罐。尤里身着大学生制服,躺在漆布沙发上,抽着细烟卷。列夫科维奇拿下来一个罐子,但仍然盘着腿,局促地挤坐在椅子上。

"化学?"他问道,斜盯着那些瓶瓶罐罐。

"是啊……你看,这里就是这样的。在这也许能认真学习。"

列夫科维奇是尤里的堂兄。他快三十岁了,相貌中规中矩。如果把尤卢里亚比作是细长 flûte(香槟酒杯),那么列夫科维奇站在他旁边,不像是一个平底杯,倒像是一个又大、又普通的厚玻璃矮脚杯。

他的面孔稚嫩而单纯,天真。不是愚笨,只是单纯。这种人懂得诚实而竭尽全力去爱。

列夫科维奇是一位军官。但即便他是个小铺老板、是个邮差,抑或是个官员——这些职业也许会改变他的言语和习惯,也不会改变他的本性。

他们通常很少见面,但列夫科维奇却特别喜欢尤卢里亚,信任他,和他推心置腹。尤卢里亚身上有一种关怀备至、温和宽容的力量。他和列夫科维奇话说得虽少,却一直耐心倾听,全心爱护。

"萨沙,我一直都很忙。"他温和地说,"你可以往家里给我写些信,我们说好了。"

"那么你不会来我们这儿了吗?"列夫科维奇满心忧伤,脱口而出。没得到任何回应,他突然又加快了语速:"你为什么换了种态度对我?嗯,也不是换,是和以往有些不同。我想还是问问你……这样不行。"

"那你想问我什么?"

"你看……我也不知道。在你回来之后我们曾经见过一面,我告诉你我结婚了,你为我高兴。但当你知道我是娶了木拉之后,却突然说:真是浪费啊!从那以后,你就再也不来我家了。而我是那么那么幸福。你的那句感叹是什么意思呢?"

"如果你很幸福的话,萨沙,你就不需要知道更多了。"

第三章　娇艳的花

在普列奥布拉任斯基大街，尤里在一栋新房子门前从自行车上一跃而下。

门房里一如既往，空无一人。尤里把自行车靠着楼梯放好，爬上三楼，悄无声息地用自己的钥匙打开了一扇黑色大门。

在前厅他侧耳倾听了一阵子。一片寂静。而且他也知道，谁都不会在家。

前厅很宽敞，甚至有些奢华。一件女式镶花大衣上悬着的丝带几乎快要垂到地板上。浓稠的空气里散发出高档香水和雪茄的味道。

尤卢里亚还没摘下制帽，就往右拉开巧妙遮住小门的深色门帘，走了进去，随后门关上了。

在空荡荡的公寓房里一切都是那样安静。客厅收拾过，俗不可耐的摆设让整个客厅平添一分仓促的奢华。客厅的桌子上放着一束新鲜的长茎玫瑰。它们大概和用来插这些花的笨重而丑陋的花瓶一样昂贵。

过了十分钟,尤卢里亚换好衣服,安静地走进客厅,取出玫瑰,移开花瓶。他灵活地把花用白纸包住,用别针夹好——就像刚从商店里买回来那样!

他一声不吭地走了出来——但不是沿着原路,而是穿过走廊和厨房,在此之前他已经提前确认过里面没有人。

后门他也有钥匙能打开。

第四章　在母猫味儿的楼梯上

"哎呀，让他见鬼去吧！我很需要！"玛什卡倔脾气发作。

玛什卡和安努什卡一起从对面的十号楼面包店回来的路上在卡扎奇胡同拐角停了一会儿。

安努什卡更老成一些，又或者也许只是苍老了。而玛什卡就是一团火。灰色的头巾搭在她的一个肩头，卷起扬尘的春风气味刺鼻，钻进她的袖子，刮进大门，噬啮着她的围裙。

玛什卡那乌白的头发被吹成"时髦"发型，一张大嘴年轻人似的哈哈笑着，眼睛四处乱看，熠熠生辉。

"他会——来的。有什么了不起。"她一脸踌躇，不住地用脚后跟在人行道上踩着节拍。

安努什卡不是很相信。

"瞎说啥呢？估摸着你可想疯了吧！那可是个大帅哥呢。"

"我可压根儿没喜欢过他。"玛什卡放肆地反驳道，"他也没啥,我不喜欢他。就是他老是在这儿晃悠,还每次都拿束花儿。我老是把他的花往小姐那摆。和我有啥关系呢?我想要个镯子呀,不过他估计是不会送镯子的。他也就会从商店里拖点花过来……"

"是莫霍沃依街上那家店吗?"

"我咋知道呢!我们家厨娘问过一次:这是啥呀?她说,伊利亚·科尔涅伊奇,您这花儿怎么搞得那么讲究呢?他就说,我们那家店讲究,花也就很讲究。他说,这花儿送给心爱的人最高兴。我们的厨娘疯狂般地喜欢他。说他很有修养,但没说他是个伙计。"

"那可不嘛,这可是大帅哥。前天我在涅瓦大街上瞧见了,一个太太正在寄信呢,晚上我就看见有个大学生开车过来,和你们家那个伊利亚简直一模一样。类似这种车,车里还坐着他的情妇。和伊利亚像极了,可能比他年轻点儿。"

"哼,大学生可是出了名的不守规矩,"玛什卡冷漠地答道,"先拜拜了,常来啊。"

突然,她俩轻轻地尖叫了一声,便笑了起来。

街角没开的路灯下面闪过一张兴高采烈的脸庞。一个人摘下一顶崭新的便帽,甩了甩蓬松的短发。

"您这是打哪儿冒出来的?"玛莎鼓起勇气问道。

"不管我是从哪儿来的,得承认,我是溜过来找您的。斯捷潘妮达·伊戈罗夫娜在家吗?"

"您过来看看就知道了……我还要和您幽会的……我有……"

玛什卡涨红了脸，拖着步子走到一边。经过两栋房子之后，她直奔大门口，转身不见了。

和长叹一口气的安努什卡握手道别后，玛什卡的追求者也走进了那道门。

过了一会儿，他就来到了玛什卡宽敞明亮却脏兮兮的厨房。

他在一张白桌子后面挨着挡板坐下，彬彬有礼、面带笑容地看了一眼斯捷潘妮达·伊戈罗夫娜，一个已过中年的厨娘。她给他倒了点茶配果酱喝，和他客气礼貌地交谈着。彬彬有礼和慢条斯理的说话方式是斯捷潘妮达·伊戈罗夫娜的致命弱点。她自视是一个循礼行家，对礼节和尊重的痴迷已经到了连看见马车夫都要用"您"相称的程度。

伊利亚·科尔涅伊奇谦逊和文雅的恭顺态度让她立刻对这个人评价颇高，心甘情愿地袒护他。

他们压低声音、不慌不忙、很有分寸地交谈着。若是您听到斯捷潘妮达·伊戈罗夫娜讲话，那您怎么也不会相信，她的性格很凶狠而且还刚愎自用，玛什卡的生活被她搅得不得安宁。

"哎哟，你干吗一阵风地跑来跑去呢？"厨娘嗔怪她，"要坐就好好坐下。伊利亚·科尔涅伊奇先生又带了些奇美的玫瑰过来。你这个村姑懂的还不少啊！"

"您说什么呢，我正在收拾老爷的茶呢。至于他为什么拿着花，那可不是我要求的……心甘情愿的吧！"

玛什卡又跑开了。

但人心毕竟不是石头。她一步一步靠近，像一头年轻野兽般卖弄着风情，不知不觉就来到了后门，走近了伊利亚·科尔涅伊奇的圆凳旁。她哈哈笑着，笨拙地兜着圈子，嵌着一张大嘴的面庞上每一根血管都在贲张。

"我提议要做件有趣的事情，"伊利亚·科尔涅伊奇说道，"如果她愿意的话，我想陪玛利亚·彼得罗夫娜去看戏。或者去波罗霍维耶参加舞会。那里有我的熟人，但是玛利亚·彼得罗夫娜不同意。"

"她还很懂戏剧嘛！"斯捷潘妮达·伊戈罗夫娜不屑地说。

"斯捷潘妮达·伊戈罗夫娜，她很肯定地说，您不准她离开。敢请容我做中间人，躬求您的许可。"

这位伙计用的辞藻已经过于浮夸了，但斯捷潘妮达·伊戈罗夫娜却完全陶醉其中，当得到准许后，伊利亚·科尔涅伊奇站起身佯装要吻斯捷潘妮达·伊戈罗夫娜的手，她竟有些羞涩，藏起双手，内心一阵狂喜。这是因为，首先，她意识到自己的权威；其次，她有幸结识了这样一位文质彬彬的人。

玛什卡匆忙地跑出来，送他到楼梯口。

和往常一样，她身上散发着一股浓重又冰冷的母猫味儿。漆黑的夜仿佛一张大网，在窗外蔓延。

"玛什卡，我的心肝儿，您为什么总是气鼓鼓的?"伊利亚·

科尔涅伊奇笑着对她说,"您为什么不太亲热……"

在楼下灰暗的阴影里,他没再多说一句话,抱住了姑娘。把她按在墙上,亲吻她鲜嫩但并不漂亮的脸蛋儿,还有那张大嘴。

玛什卡抽搐着,想要说些什么,比如"别干蠢事呀?""您想干吗呀?"——但是一句都没有说出口,只是急不可耐地喘吸着他那飞扬的热吻。

"你是我的珍宝,玛什卡,"他喃喃低语,这轻言细语里还含着一丝笑意,"你要和我一起走吗?我随后就会再来,听着,不要拒绝我。你闻闻我的花儿,就会想起我的,小笨蛋!"

玛什卡终于挣脱了他,跑上了楼。他也不再挽留。

他推开门上的插销,走出房间,来到灰蒙蒙、雾蒙蒙的院子里,来到同样灰暗,但稍显明亮的街上。

第五章 阶下囚

但是往回走,去普列奥布拉任斯基大街,回到丽莎的公寓已经不可能了:抑或太晚,抑或太早。他想看一眼手表,却想起自己没有戴。他通常都会把表留在家里,毕竟那是纯金的,很贵。

现在该躲到哪儿去呢?他的衣着完全没有伪装过,但仍然很低劣,崭新的长大衣不太适合他,蓝色的便帽戴在波浪鬈发上也很是奇怪。不能再去那些有人认识他的地方了。

他异常兴奋。他喜欢斯捷潘妮达·伊戈罗夫娜的优雅风度,也喜欢从丽莎那儿拿的花,他坚持把这些花给他视为小姐一般的玛什卡送过去,他太喜欢玛什卡那张并不漂亮但活力四射的脸,在母猫味儿的楼梯间亲吻过的那张脸。

他也为自己的偶然寻欢而心情愉悦:这条忧伤的街道上一缕细微的光芒,马车座位上缩成一团的苦命车夫,空无一人的十字路口上劳顿而又善良的城市居民都让他心情舒畅;他自己也为自己感到高兴——一个兴高采烈的大学生,一个简单的普通人,单纯而自由地生活着。

不过,现在该去哪儿呢?哪儿都不错。

他想起了那只小巧匀称的手,想起靠近豌豆街胡同里的小旅馆[1]。他曾在那儿待过,而且很喜欢那儿。那儿不完全都是马车夫,还有,比如一些小市民,形形色色的人在那儿都遇得到。

旅馆里的人不太多。有两个人在角落里吃鲱鱼排,模样古怪地喝着茶壶里的茶水。肥胖的商人神色惴惴不安,喝了一瓶酒后,一直在小声地自言自语,焦虑地在小纸片上写些什么。

快乐的玛什卡追求者为自己点了杯茶,把便帽放在小桌上,习惯性甩了甩头发,开始环视整个房间。

但是他察觉到有人在看着他,便扭头望去,他那双金褐色的眼睛很快就和另一双深蓝色的眼睛相遇了。

这是谁呢?一下子想不起来。这到底是谁呢?

他衣着朴素,你根本无法分辨,他是个穷知识分子还是个普通工人。他瘦削而年轻的面孔蓄了一绺黑胡须,面容憔悴。而这双深蓝眼睛啊……

啊哈,想起来了!伊利亚心情更加愉悦。他想要站起身,靠过去,但没有这么做。之所以没做,首先,是因为多年来无意识养成的警惕习惯,况且这习惯与这位深蓝色眼睛的男子密切相关;

---

[1] 这里的小旅馆指带饭馆的小旅店。原文也可译作小酒馆、小饭馆。——译者注

其次,是因为考虑到,他并不需要这位男子。如果对方愿意,一定会认出他来,相认并不是一个难题,他自己会过来的。

蓄黑胡须的男人站起身,不紧不慢地朝伙计的小桌子走过来。

"您这儿能不能让我坐一会儿?"

伙计笑脸相迎,也用平缓的声音回答:

"请坐,请坐。您是喝茶还是喝啤酒?如果娜塔莎还没来的话,我替她向您问好。"

"她还没来。谢谢,我喝茶。你怎么会在这儿?"

"怎么了?"

"这里呢……而且……你毕竟是个学生啊。我听娜塔莎说,你们见过面了。"

"这不是和你也见面了么。如果你是从娜塔莎那听说了我的事,那你大概什么都知道了。而这……"他的眼神往自己头上的便帽一翻,"是个巧合……是个小把戏……和什么都没有关系。米哈伊尔,最好说说你自己吧。"

"我很久以前就想和你见上一面了,"米哈伊尔开了口,但并没有回答伊利亚的问题,"但是一直没能成行……没拿定主意到你那儿去。不过在这儿碰上你真是太高兴了。"

"也就是说,你找我吗?从娜塔莎那儿你应该知道,我没想找你或者其他人。因为你们对我来说,都只是我过去美好的瞬间而已,仅此而已!"

"你是毫无牵挂的人。"米哈伊尔语气冰冷。

"我也不能有什么牵挂,我告诉你这一点,是希望你能了解一切。但是,我不拒绝我的过去;我也告诉娜塔莎了,如果你找到我,我不会从你身边逃走的。"

"尤里,事情是这样的……不过,还是算了。若有必要澄清一些事实,我最好还是去岛上。你现在还住在岛上吗?我现在完全可以过去。问题不在我这儿。"

"都可以。劳驾,我还是希望你到丰坦卡[1]来一趟。相信我,那儿更好些。现在告诉我,你什么时候会来?"

"到伯爵夫人家去吗?你也住那儿吗?好的。十天后我就来。五月六号。对了!科诺尔常去你那儿吗?"

"我和他见过面。不过挺匆忙的。他想顺路去我那儿一趟。我不知道你们还有联系……"

"我们走得不近。那好吧,先再见了。雅沙也想过来;若太晚的话,他可能就不来了。"

"是啊,还有雅沙!不过,这个人……我庆幸没见过他。"

米哈伊尔阴郁地沉默了一会儿。

"我记得,你和雅沙也没有交好过。"

"我本人对他没什么好感。"米哈伊尔说,"他性子里带点犬儒

---

[1] 丰坦卡指丰坦卡河,又译喷泉河,是涅瓦河的一条支流,贯穿俄罗斯圣彼得堡全市。在丰坦卡河的两岸,排列着昔日的皇家宫殿和贵族府邸。最辉煌的是拉斯特列利夏宫和阿尼奇科夫宫。——译者注

主义,虽然可以理解,但是我不喜欢犬儒主义。我再说一次,这只是我的个人感受,我也从不允许自己被个人感受束缚。"

"天啊,米哈伊尔!你刚才都说了什么。不受……自己的个人感受支配……好吧,到此为止吧。"

"你也是个犬儒主义者……"

"但是我从来没有让你感到反感。你想想吧。"

"这又是一种让人无法解释的任性。"

"不,米哈伊尔,这很简单,你得记住:难道我和雅沙很像吗?我刚有一个很有趣的想法,你肯定会说——奇谈怪论。但是你听着:我坦言,我最先关心的是我自己,但是于我而言,在这样做的时候,我必须尽最大努力不妨碍、不危害他人。而雅沙,这个在我看来愚不可及的人,最重要的就是去做些伤天害理的事。他认为,这是为自己考虑而应该走的最正确的路。也许,我的判断有误,但这就是我的感受。"

米哈伊尔皱起眉来:

"先不谈这些心理学的东西,还有雅科夫[1]。实际上,和我一样,你对他了解得也并不多。我知道,在办事方面,雅科夫是不可替代的,这一点对我来说就够了。"

他站起身。尤卢里亚没有一丝笑容,他的脸阴沉下来,眼里满是沮丧。

---

1 雅科夫也就是雅莎,雅莎是雅科夫的小名。——译者注

"等一等,米哈伊尔。我还有一句关于你的话没说。求你,再坐一会儿。可能没什么必要了,但既然被我碰上了,我还是想说说。"

"你想说什么?"米哈伊尔一边坐下来,一边不耐烦地、病快快地催促道。

"你让我非常不愉快。你很不幸。为什么要这样呢?我可怜的阶下囚,逼着自己思考'别人的自由',而你自己呢?我明白,一个人很难承认,自己不再相信曾经信任过的一切(虽然这只是一种沉重的偏见)——但是理智、自由和不言自明的道理都是客观存在的!你就别再去相信任何人和任何事了!你咬紧牙关,永远和那群人在一起!可为什么会这样,又有什么目的呢?为'责任'?这是什么死脑筋啊?浑身被绳索捆绑,还想有自己的想法!"

"够了,够了。"米哈伊尔厉声呵斥。

"好,我不说下去了。我知道,我说服不了你,也不能把你拉到我这边,我不需要任何人;我只是建议你:试着清醒清醒。这一切都是什么?都是胡闹。噢,这一群理想主义者!太闹心了,讨厌……"他突然又打断了自己的话:"对不起,米哈伊尔。毕竟,我是无所谓的。这些话,我看到你便说了。你还是想成为什么样的人就那样做吧。我只是好心……不,是我的眼睛容不得沙子。一眼望去——就很心痛。"

现在,小旅馆里只剩下他们两个。米哈伊尔急着离开了。

"再见了,"他嘟哝一声,"我六号再来。如果没来,我会让科诺尔给你捎个话,告诉你我何时会来。"

尤里的话他似乎没听见,僵硬地坐在那儿。

尤里两分多钟后走出小旅馆的时候,又讶异地笑了,心想:我为什么要对他说那些话呢?他的事又与我何干呢?

他步行往普列奥布拉任斯基大街,在走到涅瓦大街的时候已经彻底忘记了这一次不期而遇。

第六章　多样的爱

泛着蓝光的白色路灯矗立在细茸茸的黑色枝杈间，有的像浮肿了一样浑身充斥着光，有的噼噼啦啦，忽明忽暗。一无是处的月亮已经高高挂在天上，赤诚地闪着黄色的光。

五月的彼得堡夜晚是发着狠的，夜色凉如冰。天空在灰暗中透着亮，活像一张包装纸，加上悬在天边那轮无须存在的月亮，显得十分愚拙。

正对着舞台下面，一张小桌子后面坐着一个没胡子的小男孩，头戴大礼帽。

"德沃耶库洛夫先生！"他突然叫了一声，"您听我说！德沃耶库洛夫先生！"

身材高挑瘦削的德沃耶库洛夫先生身着大学生制服，没穿大衣，神情冷漠地伫立着。

乐队沉寂下来。无精打采的人群脚底下沙沙作响。不知哪里传来木塞的砰砰声。

"是您吗？斯塔西克？"尤卢里亚说道，"您好。"

头戴大礼帽的男孩儿匆匆忙忙站起身。

"您听我说，德沃耶库洛夫先生。听我说，坐到我这儿来吧。您反正在哪都无所谓的。我这儿有香槟……我和您还不是很熟，但这没关系。您不也是一个人吗？"

德沃耶库洛夫坐了下来。

"暂时是一个人。您为什么神经兮兮的？"他体贴地补充了一句。

"您就说实话吧，这样就能一劳永逸了：您是不是瞧不起我？"

尤卢里亚抬起冒着金光的褐色眼睛看着他，把额头上的帽子向上抬了抬，笑了笑。

"斯塔西克，您今天大概是把钱输光了吧？"

斯塔西克嘟哝着说：

"是的……您是从哪儿听说的？不过已经无所谓了。我一个人，乱了阵脚。我觉得，我整个生活都已经到头了。大家都瞧不起我，这我知道……连我也看不起我自己。我已经堕落不堪……"

"您就等着吧，"尤卢里亚声音冷淡，"我不觉得我瞧不起您。"

"天啊，我好像不太明白……但是我见到您以后……您是那么奇特。没见呢，也不惦记着，可见了呢，不知怎么的就爱上了。您是那么英俊。请您别生气。"

"我从不生气的,斯塔西克。但是您别讨好我。您是知道的,您这招在我这儿行不通。我也不会给您钱的。"

"可难道我……"斯塔西克想说下去。

"不,我不会给的。"

"只求您能给我……几个子儿……我周四就还。"

"我可以给,但是我不会给。因为我看不出,给您钱能给我带来什么乐趣。"

斯塔西克一脸茫然。他其实不是为了借钱才把德沃耶库洛夫叫住的,完全是因为别的事。是把他叫住了,但是什么原因——他自己不记得了;可怎么才能让人相信,他不是为了借钱才这样做的,他也不知道。

无助的少年无辜受了委屈,怒火中烧。

"请您别再侮辱我了,德沃耶库洛夫先生。我不会允许任何人……我还知道什么是荣誉。"

"哎哟!"尤卢里亚玩笑般地发出惊叹,"一会儿毫无分寸地自贬,一会儿又开始大谈高贵的荣誉……好一个傻小子啊。"

乐队又开始演奏忽高忽低跳跃的音符。携妻子前来的年迈陪审代理以及没有男人陪伴的小姐们,穿着鲜艳的大衣,脸上挂着随处可见的婆娘逢迎的神色,高兴地来回穿梭。

但这会儿屋子里还是有些空荡荡的,因为时间还早。

"那大概是萨沙·列夫科维奇。"尤里盯着远处一位身着军装的人说。

斯塔西克苦苦哀求：

"德沃耶库洛夫先生，您别再走了！最好在列夫科维奇经过的时候把他也叫过来。我知道他，我认识……"

斯塔西克开始讨好尤卢里亚。他特别紧张。

"难道是因为血本全输光了，都不知道该怎么办了？"

"不是的……不是这样的……"斯塔西克回答道，"当然，我是输了钱。但是我的生活在折磨着我。说实话，我找不到人倾诉。"

"您想倾诉什么呢？"尤卢里亚关切地问。

"我不知道。您会谴责我吗？"

"哪里的话，斯塔西克。您可别这么说。您想不想我把您介绍给那个胖子？"

"我吗？我为什么要认识？他是谁啊？"

"一位作家，诗人，很有名。拉耶夫斯基。他现在没有那么大红大紫了，一些不怀好意的年轻人把他从文坛挤走了，曾几何时他也被认为是先驱之一呢。"

"是啊，我听说过他……不，不用了，德沃耶库洛夫先生，请稍等一下。我想和您说件事……"

斯塔西克的熟人圈里基本上都是当官的、富人或者军官。他从来没有涉入过文学界，也没来得及涉猎，尽管他自认为是一个

"准唯美主义者"。尤里很容易和所有人交朋友,他了解大家,大家也都爱戴他。

"您这是在搪塞我,"斯塔西克接着说,"您可是一位非常直率的人。您为什么不告诉我,您是否会谴责我?会不会呢?"

"会。"尤里挤出一个词。

斯塔西克痛苦地垂下了头。

"唉,我就知道会是这样。"

"也不是说要指责您,"尤里继续说道,"也不是因为您想象的原因而谴责您,只是同情您,因为您太不会生活,又那么郁闷地为自己的处境忧虑。"

斯塔西克有些惊讶,朝他抖了抖那双似乎略微上扬的黑睫毛。

"如果您的生财之道让您感到快乐,给您带来愉悦,那您就是完全正确的。如果您对它完全不感兴趣——那不管您做什么都会一无所获。但因为您一直感到不安、受尽折磨、精神紧张,眼睛完全盯着别处,那么,上帝保佑,您是在愚蠢地摧残自己。您把自己逼得都开始自贬了。您应该更坚定地爱自己,明白吗?"

斑驳的灯光忽黑忽白交相辉映着,一位衣着得体、身材小巧而苗条的女人来到旁边。她的脸庞像洋娃娃一样;那双温柔黑眸只有在昂贵布娃娃脸上才能看得到,柳叶弯眉,淡黄色头发光泽靓丽,小嘴又是那样迷人。唯独脸颊上那一对酒窝不显呆板,而是生机盎然的。

"小丽莎！你好啊！"尤卢里亚笑着说道，"你要来和我们一起坐一坐吗？"

她稍微提了提裙子便坐下了，看着他，同样面带微笑。

"来，你来逗逗斯塔西克吧，不然他可要灰心丧气了。他说，没有人喜欢他。"

"斯塔西克吗？"她笑了起来，"怎么会这样？他是不是觉得，这个世界上没有他还会更好呢！"

她无比快乐和单纯地望着斯塔西克，温柔地说着话，仿佛一位善良的小女人，当她开心的时候，她不会嫉妒别人。

"是的，他不傻，"尤里神情严肃，继续说道，"而你，小丽莎，你能爱上他吗？"

丽莎哈哈大笑。她帽子上洁白温柔的羽毛也跟着摇摇晃晃。

"爱斯塔西克吗？哈哈哈！"

尤里和刚才一样态度严肃，但却笑着眼睛，执意问道：

"怎么了，丽莎，为什么不行呢？我知道，他早就爱上你了。至少他非常喜欢你。"

丽莎还在笑，然后停下来喘了一口气。

"你们两个都在说什么傻话呢？"

斯塔西克满面通红，全身紧张。

"您看，德沃耶库洛夫先生，瞧她吧……但这不公平。这是真的，丽丽，"他突然补充了一句，"我真的非常、非常喜欢您。"

丽莎不再笑了，耸起肩膀。

"别再说蠢话了，小傻瓜，你真当我不知道吗！我还是比你聪明些的。"

现在轮到尤里微微一笑。

"当然，亲爱的，你更聪明。这个不需你出面我也能证明给斯塔西克看的。虽然他喜欢你是事实，但是在他坐上'属于自己的马儿'驰骋之前，他是不该看到你的。"

"就算是坐上了自己的……"丽莎完全没有理解，脱口而出。

尤里已经在远处和其他人讲起话来。粗壮的拉耶夫斯基和列夫科维奇一起走了过来。过了一会儿，尤卢里亚就又叫来两个人：一个是上了年纪的体面人，一个是年轻的毛孩子。

第一个人黝黑的脸上表情丰富，但这不是一张俄罗斯人式的脸（听说，他或是保加利亚人，或是亚美尼亚人），他是一个现代主义批评家，才华横溢，思想深邃而复杂，他叫莫尔索夫；第二个人是个"最新一代"诗人，粗鄙，阴郁，不修边幅，手握一根粗粗的手杖，满口坏牙，他叫雷日科夫。

尤里介绍了一些陌生人相互认识。大概每个人都是只身一人无所事事而闲逛到这个寒气逼人的花园，因为他们都愉快地在尤卢里亚所在的桌旁落座了。甚至他们还把两张桌子拼在了一起。

拉耶夫斯基和批评家莫尔索夫点了一些香槟，尤里也来了一瓶，他还为丽莎和斯塔西克添了些酒；拿着手杖的诗人鄙夷地喝着啤酒,列夫科维奇什么都没点,只是一言不发地坐在角落里,盯着桌布。

莫尔索夫已经说了一些漂亮话,他竭力提高嗓音,因为这时候在舞台上正有一群肥胖的老太婆合着音乐拍子,圆滚滚地张着嘴,这音乐像是在猛烈敲击一些沉重的物件。

莫尔索夫无论何时,无论身处何地都能说得娓娓动听。他经历过一段风平浪静的日子,人生就像铆上了崭新的车轮而平稳地前行。车轮安抚刺激着他的分辨力,结果,连他的思想也跟着与众不同,甚至是些奇思妙想,并且总是让人很愉悦。

拉耶夫斯基和雷日科夫虽然是旧识,却彼此一言不发。他们用眼神默默地交流。"世纪末"诗人对"世纪初"诗人颇有微词,对方亦然。看得出,他们两个互相都瞧不起对方。拉耶夫斯基是"革命前的抒情诗人",他瞧不起雷日科夫,因为他喝啤酒,不修边幅,又瘦弱、又不成熟;"最新时期"的唯美主义者也打心底里鄙夷拉耶夫斯基,因为他举止卖弄、做作,过于肥胖,还老说些法国话。另外,拉耶夫斯基的蔑视里还夹杂着嫉妒之情:他觉得自己在某些方面好像已经过时了。况且过度肥胖也令他有些痛苦,尽管他通常会在这一点上和阿普赫金找到相似之处,寻求自我安慰。

"我和一群年轻朋友度过了一个极为美好的夜晚。"莫尔索夫继续推着车轮,朝雷日科夫的方向点了点头,"我非常遗憾,因为上一代的诗人,那些业已成型并且做出杰出贡献的诗人们,比如深受尊敬的阿纳托利·鲍里索维奇,"他又朝拉耶夫斯基的方向点了点头,"却没能帮助新一代的年轻人,没有与他们团结起来,而是离开文坛只身幽居去了,也离文学之家越来越远……"

拉耶夫斯基似乎从不接受莫尔索夫的邀请,一直在回避出席各种各样的"文学"晚会,尽管他怎么也称不上是在"幽居"。

"亲爱的尤里·尼古拉耶维奇,您知道我们上个季度那些私人晚会吧,您还来过呢,"莫尔索夫口若悬河,"应当说,现在事情变得和以前有些不一样了。以前的一切都是极好的,但是时间正在改变一切。迎来了新的潮流,涌现出新的精神追求……"

尤里回想着笑了笑。

"是啊,精神追求……"他漫不经心地说了一句,又突然补充道,"那个茹莉齐卡……她是一个人吗?丽莎,快让她也加入我们……不,她自己过来了。茹莉齐卡!你方不方便过来坐坐?"

正往这儿走的小姑娘满头金发,比丽莎胖些,穿着也不如她,有点俗气,但还是很美。

她随意地朝所有人都微微一笑,从雷日科夫和莫尔索夫中间抽出一把椅子,点了虾和白葡萄酒,没点香槟。

拉耶夫斯基没有对新加入的姑娘表现出任何兴趣。他也已经很长时间没听莫尔索夫讲话了,他甚至也不再去看雷日科夫:他坐到斯塔西克身旁,向他低声说着什么,颤动着柔软的身躯。而斯塔西克则眉飞色舞地回应着他。他偶尔会怯怯地向尤里瞄两眼，但尤里并没有朝他的方向看。

大家都在互相闲聊着，除了莫尔索夫，他还在对着所有人夸夸其谈。

因为太吵，尤里几乎是对着丽莎耳语：

"你为什么在这儿啊？"

"瓦隆卡给我打电话了：在委员会。他一点多到。去他的吧！就是说，他要在那消磨时间。你要是过来，悄悄地啊。"

"好吧。知道了。你真不错，没在家里干待着。"

"是啊，这还用说吗，我干吗要在家待着！别说话。"她小声补充道，"尤莉卡正盯着咱们呢，她那眼神像要吃了我们……我的天啊，我是不是得骂她两句了……"

但尤里严肃地在桌子底下用脚碰了碰她，他再也忍受不了老太婆们的疯狂举动。丽莎现在也开始和列夫科维奇开心地闲聊。不过列夫科维奇几乎没什么回应。

这个丽莎所说的"在委员会"的瓦隆卡，或者"瓦隆卡舅舅"，实际上是个很有钱的南方地主瓦洛宁，一个议员。他是尤卢里亚母亲那边的堂舅。他时常去伯爵夫人家造访，有时还留下来吃饭；伯爵夫人待他不薄。尽管他即将年过五旬，但他看起来还像个年轻小伙子，也很快和尤卢里亚成了好朋友。

于是一切都很顺利地凑一块儿了：丽莎有一个地位不高的庇

护者，而瓦隆卡舅舅早就对彼得堡生活的琐事感到厌倦。尤卢里亚知道，他一定会很喜欢丽莎。她也确实赢得了他的青睐，不久前瓦隆卡舅舅还在伯爵夫人家的楼梯间神色狡黠地感谢尤卢里亚，而丽莎在普列奥布拉任斯基街上的公寓也值个一千五百卢布，家具都是全新的。所有人都心满意足。

莫尔索夫的灵感开始枯竭，更何况已经没人愿意继续当他的听众，所以现在视线都转移到了尤卢里亚身上。

"我总觉得您是一个艺术家，尤里·尼古拉耶维奇。我知道您什么都不写，但是难道非要和什么著名的艺术攀上关系才能算是个艺术家吗？绝不是这样。就凭您这张脸，我敢说，光是拿着您的自画像，哪怕不写一行字，也不可能不成为一个诗人。您还学的哲学……"

"不是，我学化学。"尤里说道。

莫尔索夫一怔。

"怎么是化学？"

"是啊，在 X 那……在巴黎。我认真的。而且会继续下去。"

"化学？好吧……不过都无所谓了。难道化学就不是诗歌了吗？化学和诗歌之间的关系也很重要。您对化学感兴趣……"

"不，我一点也不感兴趣……对不起，看在上帝的分上，请稍等一下……你好，亲爱的。"他站起身来，把手递给朝他走来的一位病怏怏、黑着脸、呆头呆脑的高个大学生。

"我要和你讲几句话。"

"马上,科诺尔。你赶时间吗?"

"不。"

"那就坐到我们这儿来吧,我待会儿和你一起走。我马上也要走了。"

科诺尔几乎认识在座的所有人,他甚至还去莫尔索夫家做过客,因为有一次他写了一首长诗。他坐下来,一口气喝了一杯香槟。酒过微醺,那张脸更显苍白和凄凄然。

丽莎既惶恐又反感地看着他。茹莉卡有些粗鲁地哈哈大笑,就差没冲他吐舌头,因为尤里待他还是很亲切。过了一会儿她又转向雷日科夫,他们早就聊得热火朝天,时不时蹦出几个短促而生动的辞藻。

"刚才听说尤里·尼古拉耶维奇为化学背叛了哲学,我很震惊,"莫尔索夫又开始了,这一次他的主讲对象变成了科诺尔,"我说,在我们这个时代有最多姿多彩的精神需求……"

科诺尔粗鲁地打断了他:

"在埃尔多拉多吃着螃蟹我们还要讨论精神需求问题……"

受到侮辱的莫尔索夫还没来得及回答,就被尤里插了话:

"哪里都可以讨论他们想讨论的话题,科诺尔,问题不在那儿。格奥尔基·米哈伊洛维奇没有听完我讲的话。我的确是在学化学,但完全不是因为被它吸引。"

"那是为什么呢?"莫尔索夫饶有兴致。

尤里简单地解释了一下：

"您看，我早就盘算过了，在我人到中年的时候会希望获得受人尊敬的名声，赢得一些尊重……而为此就得早作打算。我没有什么特别出众的才能，不能指望天才般的奇思妙想。但我相信化学比起其他东西来，让我更容易掌握，说不定哪天还会做出点小发明来……至少能满足满足我四十多岁时候的虚荣心……我不会追求过多的东西，我是个中庸的人。"

拉耶夫斯基仔细听了这一番话，向尤里转过他那肥胖的身躯：

"啊！Blaise Pascal（布莱士·帕斯卡）！是啊，我记得那句老话：Qu'une vie est heureuse quand elle commence par lamour et qu'elle finit par l'ambition（人生多美妙，若它始于爱情，终于功名）！"

"说的正是！"尤里笑了。

但是，这个解释虽然简单易懂，却无论如何也不能让莫尔索夫接受。

雷日科夫出人意料地叫了一声："太牵强了吧！"但是当尤里惊讶的眼神和他对上时，他又补充了一句："不过，当然，这算盘打得好……"

科诺尔没在听。他的眼睛久久不能从尤里身上移开，他撑着胳膊肘，把头搁在手上，突然说道：

"真见鬼,你太英俊了,尤里!"

尤里心平气和地笑了笑:

"我只是很幸福。以后大家都会这样的。"

"都英俊吗?"

"都幸福。"

"当我们这些倒霉蛋儿呜呼哀哉的时候吗?"

尤里松开了双手。

"当然,不过人们还要过很久才能变得聪明……"

"你去走你的路吧。"

"这不是我一个人的路,而是每个人的路。你的人生难道始于美貌吗?应当始于幸福和智慧啊……"

科诺尔又一次任性地叫道:

"我不想在埃尔多拉多和一群姑娘们谈论幸福!不想!这儿根本就谈不了任何'永恒问题'。我可不想!"

丽莎和往常一样,基本上什么都没听懂,但仍然热情地为尤里辩解。她和科诺尔对骂已然成为一项娱乐活动,突然莫尔索夫又有一个新的念头,开始劝说尤里一定要来参加十天后的一个会议。

"是一个新社团,叫'最新问题',您没去过吗?它不对外公开,但里面的人非常非常多。来吧,来吧,我会把日程表寄给您。马上要开的座谈会是关于陀思妥耶夫斯基的'判决'。请您来聊聊吧。我们这儿畅所欲言……"

"我会去的。"科诺尔阴沉着脸。

莫尔索夫开始策动拉耶夫斯基,但是拉耶夫斯基没在听。

"啊?什么?去哪儿?"他那肥嘟嘟的眼睛抬向莫尔索夫。

"就是说,年轻人,如果您感兴趣的话,请……"莫尔索夫又转向斯塔西克。

斯塔西克情绪激动地答应了,还有些扬扬得意。拉耶夫斯基也开始变得更积极。尤里则一直默不作声,而莫尔索夫偏偏最希望他能参加。

"答应吧!您来吗?"

已经十一点多了。花园里已经没那么喧闹,但是花园里的一切都还没有停歇。天色已经渐渐暗下来;电影放映机的灰色暗影在舞台上摇摇晃晃,夹杂着音乐,咝咝作响。

"看啊,这不就是我们今天,白夜下彼得堡夜生活的最好标志吗?"微醉的雷日科夫大声问茹莉卡。

但她只是冷漠地把脸别到一旁。

"我已经厌烦了电影放映机……这玩意儿现在到处都是。我们去找点吃的吧。"

"我该走了,各位,抱歉。"尤里说着站起了身,"格奥尔基·米哈伊洛维奇,亲爱的,如果我有兴趣,一定会去参加您的那个社团。我不是很喜欢社团,但有时候我也很高兴露露脸,所以我会去的。"

"您就讲讲'永恒问题'吧!"科诺尔铁着脸冷笑道。

莫尔索夫答应会尽量给尤里寄更多的日程表。

"不,我们那都是什么听众啊!"

拉耶夫斯基也沉重地站起身要走。斯塔西克犹犹豫豫地咬着玫红色的嘴唇,也起身了,站在离其他人稍远的地方。

"萨沙,"尤里凑到列夫科维奇身边轻声问,"你怎么了?脸色怎么这么差?为什么一直一言不发?"

列夫科维奇整个人萎靡不振。

"是的,有一些不愉快的事……一些烦心事。"

"什么烦心事?"

"我本来想要告诉你。但犯不上了,兄弟。而且你也看见了,这种场合也不方便,之后再说吧。"

"到我家来吧,萨沙,或者我去你那儿……"

列夫科维奇突然有些激动。

"不,不,还是我自己去吧,我自己过去。"

尤里一头雾水地耸了耸肩。沮丧情绪又开始蔓延!

丽莎飞快地斜看了他一眼,尤里用同样的眼神飞快回应了她:"是的,是的。"然后把脸转向了其他人。

丽莎时间不多了,但她还是待了一会儿,漫不经心地听着莫尔索夫温柔而彬彬有礼的言辞。

尤里和科诺尔一起离开了。

第七章　鞋掌上的干草

当他们穿过光线微弱的林荫小径时，尤里发现小亭子旁边有一位衣衫褴褛的先生，他有点秃顶，脸上长满了雀斑，下眼圈发青。

他刚刚进了花园，从身边飞快地掠过，但尤里还是发现他和科诺尔互相使了个眼色。

"这人还在这儿干吗呢！"尤里皱着眉头问，他们好不容易从一大堆马车、车夫和小轿车中挤出来，上了大街。

"谁？"科诺尔犹犹豫豫。他那一脸醉意早已经消散了。

"喏，谁，老是跟踪你？是不是你在执行什么任务？"

"你……看出来了？"

"你这么有魅力还看不出来吗？他一直让我非常不快。"

"你为什么要这么说雅沙……"科诺尔说道。

尤里突然停了下来。

"听着,科诺尔,我时间不多。我要出趟远门,需要换身衣服,还得抽空去一个地方。快点告诉我,你到底要干什么。我看,你像是受人之托……"

"是米哈伊尔托我的。"

"嗬,棒极了。你最好还是让我一个人清静清静吧!我对你要说的事、你的情绪完全没兴趣。我最好什么都不知道,那才会让我更开心。我可没打扰你。"

科诺尔紧张地正了正制帽。

"当然,如果你希望这样的话,……没有人会强迫……我会把你的话转达给米哈伊尔。对不起。"

"你就赶快说吧!"尤里很懊恼地叫道,"我很同情米哈伊尔和娜塔莎,如果我能为他们做一些自己不讨厌的事,我一定会做的。可我不明白你的角色是什么。你不是从来都事不关己高高挂起吗……快点说,不然我走了。"

"米哈伊尔到过你那儿。他说,事情没那么要紧了。"

"那又怎么样?米哈伊尔都来我这儿三四次了。"

"是这样啊……但现在又事发突然了。问题在赫霞身上。"

"哦!"尤里冷冷地回答,"那更糟。"

"听我说完,求你了!哪怕是为了我。除了你,我找不到其他出路……雅沙说……"

"我不会为雅沙做任何事的。而且,既然现在事关赫霞,那我就算是为了米哈伊尔也不会做任何事的。"

科诺尔黯然神伤,即使不是因为这件事,他在这白夜的暮色中也是灰蒙蒙的。

"不是雅沙,不是雅沙,"他嘟囔着,"我也知道,你不是因为什么事离开他的。就当是为了我吧……你知道吗,我其实也不太了解他们的事。只是……但是,当然,如果你不想听的话……那就让米哈伊尔自己来吧。"

"让他来吧。"

他们默默地朝前走了几步。尤里开始同情科诺尔:这种同情由懊恼、无聊的怜悯而生,他总是会怜悯不幸的人和愚蠢的人。科诺尔就像粘在鞋掌上的干草一样,对他纠缠不休。无论如何都想把他甩开——一刻也等不了。

"科诺尔,"尤里温和地说,"你来说说看,到底是怎么回事。我很不情愿谈起赫霞,因为她那时候爱上了我,可我根本不爱她,结果出了那么一段极其无聊的故事。不过,我从来不会和她作对。我知道,你一直很爱她,或者是你单相思。我倒是无所谓的,只是很同情你。说吧,什么事?"

科诺尔嘟嘟囔囔:

"详细经过就让米哈伊尔来说吧……我就说几句话。他们把她叫到这儿来了。或者不是他们叫过来的,只不过她得在这儿待一段时间。所以她的处境是非常非常危险的,就是她危险。所以需要好好安置她。可是，现在没有个安全的地方让她住下。名义上她是被保护起来了，而其实没有地方住……"

"你们为什么这么穷了？"尤里鄙夷地问，接着补充了一句，"我不明白，这件事和我有什么关系。"

"你是个局外人……伯爵夫人……"

尤里哈哈大笑。

"什么意思，我要把她当成我的情人介绍给伯爵夫人吗？还是说把她安顿到我瓦西里耶夫斯基岛上的房子里？"

"你有熟人……"

"别胡扯了，科诺尔，这太幼稚了。况且，到头来，我为什么要做这件事？"他似乎想起什么，又温和地加了一句，"不过呢，我觉得……我会再问问米哈伊尔的。现在我们先再见吧。这儿还有最后一个规规矩矩的马车夫，估计再也不会有了。而且我本来就要迟到了。"

尤里也没向科诺尔提议载他一程（他还是会同意的！），就立刻跳上了四轮马车，直奔瓦西里耶夫斯基岛了。

只有科诺尔还在看着他。

去瓦西里耶夫斯基岛的路上，尤里灵机一动，冒出一个有趣的想法……是啊，为什么不去做呢？他们也会很满意，对于赫霞来说，这样做也不是坏事，反而有裨益，而对自己呢，这是最主要的，也会很开心。真不错，就这么定了。

不过现在,让大家都见鬼去吧,不论你是科诺尔、赫霞,还是其他人。尤里急着回自己家。他得把制服脱掉。穿着它实在很拘谨。

第八章　睡觉觉吧

晚钟嘀嗒嘀嗒地走着。

暗锁的咔哒声很轻，轻到了极限。

前厅里突然灯火通明，一个戴圆礼帽的人从梳妆镜前一闪而过，宽礼帽上白色羽毛旁的灯光全都亮了，刹那间又全灭了。里屋的门开了一下，又关了，悄无声息。仿佛什么也没发生过。只有寂静发出一声叹息。

但是，有一个敏锐的人听见了。

走廊上传来细碎脚步的沙沙声，那是一双光着的小脚丫，像老鼠爪似的。那道门再一次打开了。

丽莎伸着那洋娃娃般浅色头发的脑袋，往里探了探。

"尤里，是你吗？"她的声音勉强能让人听清。

空荡荡的院子里明晃晃的、阴森可怖，空气中弥漫着夜晚特有的死气沉沉。但是屋子里，窗帘被拉上了，天花板上的卵状棱形灯亮着。尤卢里亚整个人陷在圈椅里,疲惫不堪;他穿一身黑大衣,头上的软帽子刚刚摘下来。

屋里的地毯啊、矮沙发啊,淡色屏风后面刚铺好的被褥,散发出一股沁人心脾的味道。

赤脚小姑娘随手掩上门,进了房间,她穿着女式开衫,肩膀上是淡紫色丝带织成的小花边。

"我很抱歉……瓦隆卡在蒙头大睡呢。我实在受不了他整晚在这儿过夜。怎么了?"

"全输光了,丽莎。"

尤卢里亚一脸疲倦,但依然愉快地笑了笑,美滋滋地打了个哈欠。她也笑了。

"这叫个什么事啊!至少是开心的吧?"

"开心。我明天和你说。四百块全光了。不过一开始——很走运的!"

"四百块?只有这么多吗?"

"还哪儿来更多的钱呢?"

"说的也是。尤莉卡前天还在和我吹嘘……她是在说谎吧?你也不要说谎。你从尤莉卡那儿什么都没拿吗?"

她忽然嫉妒地扬了扬眉毛,洋娃娃般的秀发之下,这些眉毛黑得有些可笑。

尤里疲惫地伸出双手,让她坐在自己腿上。

"你这个小傻瓜!如果我把你的钱都输光还能让你更开心的话,我为什么要说谎呢?我今天也不需要再撒更多谎了。"

丽莎用略微冰凉的光洁双手抱住了他,甜蜜地笑了。粗糙的呢大衣扎着她的身躯,钩住她衣服上的小花边。

"我实在太爱你了。你是那么……那么……"她没有找到合适的词,想了一下说,"我不知道该用什么词儿来形容。只是想立刻把什么都给你,就是希望你能满意。尤莉卡就是这样,那双眼睛能吃了你。我也可以的!她一直谎话连篇……说她和一个生意人在一起……但她帽子上插的还是去年的旧羽毛呢。她就是和个生意人在一起也是什么都没有的。"

"你等着瞧吧,我会为她找到一个更好的人。"尤里开玩笑。

丽莎涨红了脸,浑身抽搐,差点没哭出来。尤里不想再刺激她了。

"好了,好了",他懒洋洋地拉长声音,"尤莉卡也是个好姑娘。但我更喜欢你,就是这样。你是知道我的,我要是更喜欢尤莉卡……你就满足你现在所拥有的吧。现在你可以走了,我想睡觉了。要是再让瓦隆卡发现你不见了……"

"他不会醒的,像头熊在那呼呼大睡呢。家里来了一个快乐的男人,神不知鬼不觉地,直接从委员会过来,他想出了个鬼点子,事先寄了些极其昂贵奢侈的白花过来,都放在花瓶里。明天要是你愿意的话,就把它们拿给你那个狐狸精吧!"

丽莎或多或少知道一些乔装打扮的尤里和女仆之间的一些不正经的勾当。但她没有生气:"没准儿还会起点儿作用呢?"她笑得死去活来。

"花?我能把这一瓶子花拖到哪儿去呢?"

"把它们全都揪下来,然后带走!还能怎样!"

"哎,明天懒得……"他打了个哈欠,又补充了一句,"说真的,丽莎,走吧!咻!"

她吻了吻他额头垂下来的一缕浅褐色头发,从他身上一跃而起。

"大家都爱上你了,而你和我在一起。你的房间也是我的。我比所有人都更爱你。好吧,我该走了,你也快睡吧。估计至少也是四点多了。"

到门口她又转过身来:

"睡到晚些再起。我家那位十点左右会走,到时我们就能一起吃早饭了。"

"好。"

她又想起了什么,扑哧一笑。

"你今天介绍的那个话唠可真有趣……埃尔多拉多那个……滔滔不绝的……他就是你当年把我们的薇尔卡拉去找的那个人吗?我明天得好好问问她……"

"好了,趁早走吧你!"

"还有那个科诺尔……真是讨人嫌！十足的傻瓜！我走了，走了，你睡吧！"

她又一次像老鼠一样安静地跑开了。尤卢里亚心满意足地又打了几个哈欠，从圈椅上坐起来，脱下所有衣服，拧了拧开关——电灯熄灭了。

第九章　卧谈会

清早下着小雨。丽莎家的"橡树"餐厅[1]有一扇开向院子里的大窗户,但依然有些昏暗。早餐内容很滑稽:有价格不菲的奶酪、冷盘,还有从米留金商店买回来的水果,上好的葡萄酒,但热菜却只有一道溏心蛋。

不过尤里和丽莎还是很喜欢这样的早餐,他们在那儿欢声笑语。

上菜的是一个高个子偏黑的女侍,她还很年轻,但身材瘦削,好像病了似的。她的鼻子很短,模样还算俊俏,头发短短的,打着卷儿。

"薇尔卡!"丽莎冲她喊,"天哪,太好笑啦!真能聊啊,真能扯啊!看来,无论说什么,——立马儿就会信的!他们大概都是些糊涂蛋。是啊,也亏这个尤里能想得出来!还假扮女学生呢!"

---

[1] "橡树"餐厅是指餐厅从颜色到造型都类似于橡树。——译者注

薇尔卡笑着，露出一排密密的洁白牙齿。

"你怎么回事啊？"丽莎紧追不舍，"从头说说。"

"我大概都忘了。我伤寒出院以后，记忆力就不太好了……"

"别说谎了！干吗站在那儿呢？过来和我们坐。我给你倒些白葡萄酒，你就负责讲。我很感兴趣，因为昨天在埃尔多拉多我一直在听莫尔索夫讲话。坐下吧，坐下吧。"

薇尔卡是丽莎的老友。一年半前尤里认识她的时候，她和一个有钱的军官在一起，安插得还不错，她甚至还能给丽莎打打掩护。丽莎当时还是个一头黑发的傻姑娘，尤里有一次在薇尔卡家匆匆和她见过一面。从那以后，很多事情都发生了变化。薇尔卡开始走霉运。她先是被卷进一件很愚蠢的事里，后来又得了肺炎，养病的时候，又在医院染上了风寒。一直到开春才出院。她那时已经一贫如洗，什么都没了。薇尔卡的自尊心不容许她流落街头，况且她还很机灵，有自己的盘算。

丽莎是个心地善良的姑娘，当时尤里建议她："何不把她接到家里做个女侍呢？你自己不也总是抱怨对付不了那帮子'下三滥'吗？把厨娘辞了吧，反正你也从来不在家吃饭，留一个仆人负责拉车，要是和薇尔卡相处会好很多。我也已经烦透了这些暗探。让你寸步难行。"

一切就这样定了下来。薇尔卡很满意。她出院后一直很虚弱。在洁净的前厅为瓦隆卡舅舅开门，弹弹留声机上的灰尘——这些都算是休息,不是工作。而她俩,丽莎和薇尔卡,也都欣然接受彼此主仆的地位。自然而然的事,不然还能怎么办?薇尔卡称丽莎"小姐",而丽莎当着他人的面,还会客客气气地称薇尔卡为"您"。

有时候她们也吵架,薇尔卡会"还嘴",但不会越过一个女侍从应有的界限。

尤里和薇尔卡的陈年"旧事"完全没有让任何人难堪。它们早就被人遗忘了。况且,尤里从来就没有特别喜欢过薇尔卡。她只是对他忠心耿耿。

面对兴高采烈的丽莎发出的邀请,薇尔卡没有扭捏推辞,而是坐了下来,喝起葡萄酒。

"你没有叫他来家里做客吗?"她问丽莎莫尔索夫的事,转用亲切的"你"来相称:"假设他认出我来,那一定会很有趣的。"

丽莎哈哈大笑。

"他大概永远也认不出呢!打那以后你可成了丑八怪啦!"

"得了吧!我会好起来的。"薇尔卡说道,丝毫没有生气的意思。

"好啦,你给我讲讲具体情况。从他那儿你什么都别想弄明白。"丽莎朝尤里点点头,"你看,他就坐着,傻笑。不过他说,一个什么表姐,还是个大学生,你怎么回事?"

"我怎么回事?我也很想知道呢。他以前总是会有各种奇思妙想……然后教我,那时候我的记性还很好……"

"然后呢?"丽莎迫不及待地追问,"他教你什么了?当时是什么情况?"

尤里慵懒地微笑着,鼓励道:

"告诉她吧,薇尔卡。我自己都忘了。现在已经没有这种了。"

"没有了?"丽莎不无遗憾,"他们怎么了?全都吵翻了吗?"

"你看,你就是想得多。我在说我带薇尔卡去过的那些晚会。和你解释不清楚,还是让薇尔卡来说吧。"

"太可笑了,丽莎,"薇尔卡振振有词,"他有一天突然问我,你想不想让我带你去一个最最有档次的聚会?那儿都是些名门贵族,你在他们中间也会成为显贵。我看着他,他却一直笑:贵族。怎么成为贵族?精神贵族吗?他说,这个更高尚,而且更有趣些。他说,里面都是些顶级的艺术家和作家,他们一本正经地聚在一起,以自己独特的高尚方式消遣,他们不允许有一个多余的人。但我可以带你进去。"

"瞧,你可真行啊!"丽莎无比嫉妒,"我可就害怕了。如果在家里也这么严肃的话,没准儿会当成笑柄被轰出去呢。"

"不,我不害怕。首先,那些贵族是什么样儿,我们也没见过,后来,他教我机灵点。我穿了一条普通的裙子和一件白衬衫,还戴了一条皮腰带,不过,全是新的。头发遮住耳朵,我装成他的表姐,莫斯科来的女学生。然后,我也要装作不比他们差,会写诗,他给我一张写了诗的纸,叫我把它们背出来,以防万一。我那时候的记忆力是特别棒的。"

"你不会还记得吧?"丽莎尖叫,"说两句,说两句吧,大美人儿!"

"现在,出院以后,我就不记得了……如果我想起来了,一定会说的。你接着听呀。"

"然后呢?"

"然后,他说,他们会叫你索菲娅,是智慧的意思。"

"就是索妮卡。"

"不是索妮卡,是索菲娅。那儿都是些仪表堂堂的女士和先生们,都穿着正装,若他们让我也穿正装的话,他就教我怎么回复他们。"

"说什么呢?"

"这个等一会儿再讲。那所有的人都应该是躺着的……"

"这是干什么?"丽莎很绝望,气不打一处来,"一上来就躺下了么?"

尤里嘿嘿冷笑。

"傻姑娘!是说他们得躺卧在桌子后面……这是很早以前的一种风尚。"

"是的,躺卧。"薇尔卡纠正道,"桌子上摆满红酒佳肴,他们围成一圈,只是原来放椅子的地方现在放的是卧式沙发,他们就半躺到这个上面。"

"你也躺上去了吗?"

"别急。他教我:从这时起就不要再出声,要认真谦逊地观察。他说,如果看到了什么下流的事,不管是什么,都不要太在意,别笑嘻嘻的,用欣赏的姿态去认真观察,不要胡思乱想:他们在以最古老家族的美德行事。"

丽莎忍不住了。

"不,你真是个傻瓜,上帝啊!若是我,我可不会去。他这是在给你吹耳边风变着花儿地骗你呢。你看,他现在正在一旁哈哈笑呢!他只是带你去了一个最下流的地方!你也真是太好说话了!"

薇尔卡有些发窘。但尤里还是一边笑一边说:

"别害怕,薇尔卡,别听她的!我一丁点儿都没有骗你。是个正当的地方,里面也都是名副其实的贵族。"

丽莎咄咄逼人。

"不,就是莫尔索夫那样的,就是那样的!乍一看,个个都表现得举止讲究。"

"你拿他举例子是无济于事的,他还行,没有什么不好,很礼貌,都还顺利。他穿的那件正装又长又花哨,还有点绊脚。其他很多人呢,的确……"

"都很下流?"

"嗯……我该怎么办？我只好默默盯着他们看。所有的人，我亲爱的，都在那儿不停地聊啊聊，天南海北……杯子里装满葡萄酒。但是没人会把酒喝掉，都只是把杯子拿在手里，说啊说，勉勉强强能喝上一杯。"

"都在谈论诗歌吗？"

"什么都聊。我没听，脑子里光记自己那些诗了，要是没忘该多好。他们头上都戴着花环，全是鲜花，就是有点蔫了，所以都缠在铁丝上。"

"你也戴了花环吗？"

"没有，我没拿。你知道吗，等他们都聊够了、吃够了的时候，尤里突然站起来宣布说，索菲娅现在希望告诉你们，她为什么拒绝穿上正装，而是穿着自己普通的衣服坐在诸位中间。"

"他就这么宣布了？我的天啊！你怎么办啊？"

"我已经知道该怎么办了。我拿起自己的杯子，像这样举了起来……"薇尔卡举起了装着白葡萄酒的杯子，"然后就开始说……"

"你说了什么？"

"我忘了怎么说的了……"薇尔卡叹了口气，"现在就算杀了我，我也无论如何说不出那些话了。我都是鹦鹉学舌记下来的。我这也就是和你们说说，我说，没穿正装的第一个原因是因为……因为……"

"哎呀，去你的吧！"

"因为，他说，穿正装……是……治标不治本的办法，还是什么来着？"

她无助地看了尤里一眼。尤里只是狡黠地笑着，一言不发。

"别急，总之就是一句话，"薇尔卡继续说道，"总之，他们都很懦弱，他们所有人都希望……对，希望获得自由，此外，还追求美，而为了达到这个目的——我好像有点感觉、知道自己说什么了——大家聚会的时候都应该不穿衣物，因为人的美在于身体，而不是华服。美包含着纯洁，而我，他说，是唯一懂得这一点的人，因为我是一个纯洁的姑娘。我当时正打算这么做了，但我发现，他们都还没有准备好，所以我就穿着我那身朴素的裙子坐在那里，但还是没有同意穿正装，他说，穿正装只是自欺欺人而已，不是真正的美。"

薇尔卡一口气把这些话说完了，看着尤卢里亚。尤卢里亚摇了摇头。

"你还是忘了，都忘了，"他说，"你编了很多胡话。那时候你说得更好。"

丽莎只是两手举起轻轻一拍。

"天啊，太丢脸了！他们难道没有因此把你请出去吗？"

"什么也没有啊。我想的不是那个。我想的是，可能我一说完，他们就会立马脱衣服。要不然，就是会有人喊：你既然这么标榜,那你就把衣服脱了吧,我们又不是在澡堂。而我呢,说实话,是不情愿的。但是,我亲爱的,并没有发生这样的事,他们只是大加喝彩。大家都为我的健康推杯换盏,呼喊着,说我比任何人都说得正确,说我比他们理解得深入,说他们确实都还没有准备好。他们说着说着,莫尔索夫被他那件'斗篷'绊了一脚,另一个人,有点黑,穿着短裙,躺在沙发上,大叫:'我们都老啦,但我们追求新事物!别再闹啦!'"

"也就是说,还挺愉快的?"

"不是的,亲爱的,挺无聊的。我的眼皮都打架了。而他们呢——一个开始说话,喝酒,另一个就跟着来。就这点儿乐子。当然,他们都吃饱喝足了。但那儿没什么特别的。"

"我倒是觉得很愉快。"尤里说,"我一直看着薇尔卡。这个女学生,真有些妄自尊大。"

"后来,我在长沙发上困得不行了。可莫尔索夫却在那纠缠不休:索菲娅,你给我们讲讲你的诗吧!"

"他都用'你'来称呼了?"

"所有人都称呼'你',事先说好的。那些女士,看上去有些年纪的,也都称呼'你'。不过,我一开始当然是装模作样的。后来,我说,好吧,我就给大家念一念以前的诗吧,你们可别跟我太较真儿。他什么都教给我了,当然,后来我自己也灵感大发,知道怎么读能让听的人喜欢。"

"莫非你还记得那些诗?"尤里问道,"如果还记得,不妨给丽莎念念。"

这些诗是当时尤里费尽心思编的——不是创作,他自己不会作诗,是为薇尔卡编的。他把一些真实的事件和当时的文学品味融合在一起精心编排的。

如今,尤里当然是一个字都记不得了。毕竟时间太久远,已经过时了。但薇尔卡的这些回忆还是让他觉得很有趣:因为对她来说,这段奇遇依然很新鲜、很重要。

"哎呀,我想不起来了,"薇尔卡说道,"出院以后,我的记忆大不如前。稍等哦。"

她摆出姿态,垂下双臂,低头,拉长声调,嗓音低沉。她的音色很迷人。

> 我总是莫测神秘
> 永远是唯一,
> 我满心忧郁。
> 朝远处奔去,
> 仿佛被抛弃,
> 从瞌睡者的腹里……
> 是一粒暗淡的种子,
> 被扔进狂风里?

滚烫的圣水盘里,

永远不会死去,

永世都被囚禁,

这颗未经洗礼的,

漂泊的心……

薇尔卡突然卡住了。她无助地重复着:

漂泊的心……

"然后呢?你怎么了?"尤卢里亚鼓励道,"快接着说啊,这诗比这长啊。"

当时为了避免诗歌的模仿痕迹太重,他竭尽全力把诗编得很中性。的确,没有什么模仿痕迹。

薇尔卡还在努力回忆:

漂泊的心……

"不管你怎么想,我对天发誓,实在是一丁点儿也想不起来了!"

丽莎很失望。

"得——啦,"她拖长声音,"我还以为会有更有趣的内容。你当时也读得这么凄凉吗?"

"必须这样念。"

"那他们怎么说?喜欢吗?"

"应该是喜欢的。他们握着我的手,和我解释这首诗的意义。"

"有什么意义?"

"哎,我就没再听了。糟糕的是,我累了!一晚上我就躺在沙发上,什么神情严肃,什么沉默不语——实在让人不堪忍受!"

"看你说的,小可怜!"丽莎开始同情她,"如果是我,我就忍受不了。况且最主要的是,若是因此没获得什么乐子,那为什么要忍受呢?"

"不,一开始还是有趣的。后来就越来越无聊。他们又乐呵了一阵,然后就穿上自己的衣服,各自回家了。之后我也不知道,他们还有没有过这样的聚会。"

"也许,他们之后就不穿正装聚会了。是吗,尤里?"丽莎问道。

尤里有些厌倦了。他打了个哈欠。

"我不知道,我没有再参加过他们的活动,之后就出国了。现在已经没有这样的活动了,已经不再流行了。现在大家都不胡闹了,都是认真开讲座。"

"哦,讲座……"

"没关系,你可以去听听看,我可以给你入场券。"

"也给我一张吧,"薇尔卡请求道,"他们不会把我赶走吧?"

"不会的,不会,是在公共大厅里。乖乖坐在那儿就行。"

"无聊吗?"

"那还用说吗？如果你觉得无聊，可以直接离开。不过，说实话，你们两个现在都让我很乏味了。丽莎，我本来是找你有事的，但是现在既没兴致，也没有工夫和你说了。以后再说吧。我休息一下就要走了。今天要在一个地方吃午饭。"

他站起身，打开窗户。餐厅里弥漫着香烟味。薇尔卡马上又变成了侍女，开始收拾桌子。

这时前厅里有人按门铃。

丽莎侧耳倾听，突然坐起身来，抓住大衣上的丝带。

"薇拉，薇拉，"她小声说道，"赶快！把桌上的东西都收拾干净！瓦隆卡来了，我听得出是他的手！我没有给他钥匙，休想！一定是早上又忘了什么东西，这个丢三落四的人！卧室还没收拾吗？算了，我直接躺到床上去，你告诉他，说小姐还没起床……尤里，再见。"

她飞速跑到尤里跟前，匆忙地给了他一记响吻，便消失了。

桌子一瞬间就被清空了，就像桌面上从没出现过任何东西一样。尤里悄无声息地藏了起来。谦恭、敏捷的薇尔卡已经打开前厅的门，为自己没有立即听到门铃声向老爷表示歉意，并告知他小姐又再次就寝了，没有吩咐叫醒她。

瓦隆卡舅舅毫不怀疑地自己进了卧室。他只待了一会儿。他的确是早上把一个公文包落在丽莎这了，这个公文包，除了他，没人需要。

第十章　丰坦卡宅邸

这是一栋异常沉闷的房子——是伯爵夫人的宅邸。整栋房子都是萎靡不振、古朴陈旧，忧郁古老的，它是伯爵夫人的私人财产。公家的房子通常都是这样的。窗户高高在上、密不透光、镶着似乎永远脏兮兮的小玻璃碎块。

房间多得过分，其中一半是没用的，有一些是餐具室，还有一些是拐角里的屋子。伯爵夫人有自己的客厅和餐厅，她和丽塔，还有两个非常体面的食客常在餐厅里吃饭。给尼古拉·尤里耶维奇的饭菜会单独送过去，似乎，饭菜也是为他额外准备的。尤里住在丰坦卡宅邸的时候也和妹妹及伯爵夫人一起用餐。

尤里很同情父亲的境遇。他生病了，完全依附于伯爵夫人。但是，尤里觉得他的父亲太懦弱，而且易怒情绪出现得太早。要是父亲不闹脾气的话，可能还能维持几段关系，生活也会舒适得多。

尤里有时候会很温柔地调侃他的父亲。尼古拉·尤里耶维奇起初只是摆摆手,后来渐渐有些活力,甚至开始向自己和尤里证明,他完全不是那么堕落,人们也不是完全把他忘了。他未必爱自己的儿子,但他很在意他的每次探望:因为探访会让他很开心、让他有所安慰。他其实很喜欢这位快乐、英俊、自信而健康的尤里。

他倒是从来都不关心女儿丽塔,也就是伯爵夫人的外孙女。

这一天,尤里大概两点过来了,在父亲那儿坐了一会儿,然后和妹妹一起喝茶。伯爵夫人觉得身体不太舒服,就没有出现。

"为什么你现在不和我们住在一起呢?"丽塔静静地问。

屋子里所有人说话都是静悄悄的。

尤里看着妹妹,看着她那依旧像小孩子一样,扎着黑色蝴蝶结的淡色散发,笑着。

他的笑容让这个房间里的气氛变得很舒适。

"为什么你一从国外回来就不和我们一起生活了?"丽塔又问了一遍。

"难道我没和你们一起生活吗?我经常在这儿过夜的。但是,你也知道,在岛上我离学校更近,学习更方便。"

但是丽塔却摇了摇头。

"难道住在这儿会影响你吗?你的房间是最好的,可以从前厅直接进去,什么都听不到。不过,其实我们家无论在什么位置都什么也听不到的。"

尤里又笑了。

"你们这儿很无聊。"

"尤里,我怕你。"

"胡说,没人怕我,你这是胡说。"

丽塔的脸红了,看上去像是生气了。

"是的,我是不怕你。不是这个意思。我不怎么了解你,不了解。"

"我也不了解你呢,我的妹妹。我们何必要了解彼此呢?"

丽塔很惊讶,但什么都没说。她停了下来,想了想。

"既因为父亲,也因为伯爵夫人,这里的一切都沉闷得很,"尤里坦白,"我没办法一直住在这里。但有时候我也很喜欢这儿。"

"尤拉,我想去你那儿做客。但外婆不会放我走。"

"没关系,总会允许的。你一般和谁出门?"

"和外婆出去,去夏宫。或者有时候和玛利亚·弗拉基米洛夫娜出去。"

玛利亚·弗拉基米洛夫娜是伯爵夫人最重要的食客之一。

"之前爱德小姐住在这儿的时候还好些,"丽塔接着说,"但外婆突然觉得不需要家庭女教师了,说家庭女教师是坏东西,于是就剩我一个人孤零零的了。只有那些老师们总来,一来一整天,我已经厌倦了。"

尤里看着她,却想着自己的事。

"别抱怨了，"他说，"你暂时就听外婆的话。等你稍微能自由行动了，就和我一块出门。别为家庭女教师的事难过。伯爵夫人这样做也不是没有道理——让她们滚蛋。她们会让人性格变坏。"尤里突然又想到些深藏于心的念头，补充道："萨沙·列夫科维奇和妻子一起到过你们这儿吗？"

"你为什么问这个？是的，来过一次，你还没回来的时候，当时他刚结婚。啊呀，尤拉！她长得美若天仙，只不过性格太古怪了。你看来早就认识她吗？"

"是很早就认识了……她父亲在世之前就认识了，那时候萨沙还不认识她。"

"那么，是多久以前？她现在看起来也才十四岁。外婆很不喜欢她。"

"那你呢？"

"我呢……知道吗，一开始我特别开心。想着现在萨沙结婚了，外婆会对他特别好，他们会经常在我们这儿，我会和她成为朋友……她还这么小。但是，后来……"

"后来怎么了？外婆不同意？"

"也不是，不是这样的。是她自己有点……我实际上也只见过她一次。她的做派有点……"

"做派！"尤里大笑，"啊哈，亲爱的，你讲起话来像外婆似的。"

丽塔勃然大怒。

"你怎么一点都不羞愧呢！我看你什么都不明白。以前我们还小的时候你都明白，所以我有什么话都和你说，可是现在呢，现在你和其他人没什么两样。我说的没错，我是怕你的，也不是怕，而是不了解你，我们好像陌生人一样。我的确是说她的做派问题！但我不是指那方面。如果你那么理解，那我们就是陌生人了。现在我早就不把自己的事全都告诉你了，我也不需要这么做。"

尤里温柔地拉住了她的袖子。

"对不起啦，小不点。说做派这件事我的确是故意和你提的。我们完全不是陌生人。虽然我觉得，任何人都不应该'说出自己的一切'，你没这么做，这很好。你也别生我的气。你还是说说木拉吧，她到底做了什么。我算是明白，你为什么不喜欢她了。"

"也不是不喜欢……"丽塔接着说，坐得离尤里更近一些，心情渐渐平复下来。"只是……她有些粗野。他们来我们这儿，一开始外婆对她没什么想法。她也没什么，只是一直转来转去的。身后甩着大辫子。外婆问起她的父亲，我记得，称呼他为将军，而木拉回答得很奇怪：'是啊，这老人真可怜！'接着突然对我说，'走吧，带我看看您的房间，我们认识一下吧。'于是我们就走了。"

"这有什么呢？"

"是啊，也没什么，我那时还很高兴呢，可是外婆的脸色却不太好看。我带着她参观了我们的教室,然后去了卧室。她扔下帽子,变得完全像个中学生,哈哈大笑,在椅子上跳来跳去。然后,她开始讲你的事,说你去他们那儿做过客,她叫你尤鲁拉什么的。她还说:等他回来的时候,要替我吻吻他,告诉他,让他再来我这儿做客,告诉他我现在出嫁了。你真的去过他们那儿吗?"

"是的,去过一次……"

"那她都和你说了吗?"

"说什么?她什么也没说。她只是说,你是个好姑娘,只是……"

"只是什么?"

"没什么。木拉蠢蠢的。就这点事,没什么秘密。"

"是的,她是不聪明。你接着听我说。她又说起你来。她说,你特别英俊,只是没什么用,不过,也正是因为这个,她才喜欢你。我实在忍受不了,就很冷淡地对她说:请不要这样评价我的哥哥,我不习惯这样。"

尤卢里亚狠狠地吻了妹妹。

"哎呀,你真是我的保护神,我的小傻瓜。是不是?"

"她当时一点都没在意,疯子似的哈哈大笑,然后,突然一下子,不,你想象一下!突然开始掐我,说实话,特别特别疼!你承认吧,这……这……"

丽塔回忆着,浓密的头发下耳朵开始发烫。

"是啊……"尤卢里亚拉长了声音,"真是个傻瓜!太讨厌了。"

"可不是吗!他们离开的时候,外婆说,'我很喜欢这个可怜的萨沙,但这女孩嘛……'外婆对我说,'您应该理解。'"

"你怎么说?"

"我当时很开心。Vous avez parfaitement raison, grand-mère, d'ailleurs elle ne me plaît nullement(您说得对,外婆,我其实一点都不喜欢她)。"

她笑了笑,从椅子上站起来,行了个请安礼。

"你去她那儿吧,反正我是不想去!我觉得,自从结婚后,萨沙的境况也变差了,他有些无所适从。"

尤里没有一丝笑容,陷入沉思。他应该是想到列夫科维奇了。那天晚上,列夫科维奇无精打采地坐在埃尔多拉多,从那以后,他还没来过尤里家。

"尤卢里亚,你要走了吗?"丽塔紧张地看了他一眼。

"我会回来吃饭。晚上也会留在这儿。"

"哦,尤拉!那我晚上可以来你的房间吗?"

"还不知道。"

丽塔有些伤心,一言不发,不敢再多问一句话。

"妹妹,你怎么了?你知道我从来不会把你拒之门外的。可今天有人要来拜访我。"

她小心翼翼地皱着眉头看了他一眼。

"莫非是米哈伊尔要来?"

"是的,米哈伊尔也来……"

丽塔顿时喜笑颜开。

"噢,尤拉!我不是说今天,我今天不来了,况且还有其他人来找你,但要是米哈伊尔来,我太高兴了!你知道吗,我很少见他,可你走之前我就记得他了,当时我还很小,他来找过你。现在我立马就认出他来了,尽管他变了样子。我特别喜欢他。他不太说话,但他的眼睛……好像在为自己祈祷。"

尤卢里亚冷笑一声。

"你别笑。他总是不说话……我觉察出某种神秘。"

"你既然觉察到了,那就别多嘴,对其他人影响不好。我现在真是后悔你找我还见到米哈伊尔了。这事儿本来不该发生。"

丽塔脸红得几乎要哭出来。

"难道我……这太残酷了,尤拉。你怎么就不理解我呢?我也不希望什么都不知道。你想想看,我能和谁聊聊天呢?我身边什么人也没有。你怎么能这样呢?尤拉!"

他又笑了。

"你知道吗?你说得对,是我胡言乱语。我的想法的确是滑稽可笑,现在让我来安慰安慰你吧。你对米哈伊尔有兴趣。我觉得,他是犯了一些其他人也会犯的大错误,但这有什么关系呢?你自已应当分辨清楚……自由对任何人都是有益的。你的数学老师走了。你想不想让我向外婆推荐我以前的同志呢?'夫人……如果我能冒昧举荐 quelqu'un qui est très sûr……（一个完全可靠之人）……之类的。'这个人就是米哈伊尔。哪怕教不了很久，但是你会很开心，他也会赚一笔钱。他数学很好的……你怎么被吓倒了？"

"尤拉……怎么可能呢？万一有什么秘密呢？他怎么能来呢？"

"你真是个傻姑娘。我们家这栋坟墓堆儿里——谁管谁的事呢？爸爸在椅子上坐着，动都不会动，即使伯爵夫人拿长柄眼镜看他——相信我，她什么也看不出来。你难道不希望这样吗？"

丽塔当然希望这么干。她是个快乐聪慧的姑娘，曾一个人读遍了尤里所有的藏书。她懂得和知道的要比说的多。她经常情不自禁地故作天真，即使是和哥哥在一起。做一个孩子让她觉得更自在。而她本身，尽管还是个孩子，内心已经是个大人了。在她身上隐隐约约藏着很多女人的品质。

聊到木拉·列夫科维奇的时候，她怒气冲冲、毫不掩饰，像个孩子。而回忆米哈伊尔的时候，她又俨然一个大人，很严肃、很认真。

"好的，尤拉。那就试着办吧。我会很感激你的。也请你告诉米哈伊尔，让他别担心我的口无遮拦。"

"啊哈，我们的小姐是多么严肃啊！你呢，其实也别对他期望太高。他可能除了数学之外一句话也不会和你多说的,别期待会有什么欢声笑语。"

"我什么都不期待,我也不会缠着他说话的,别担心。"

尤卢里亚抱住她,吻了吻她的额头。

"你知道吗,乌丽特卡,如果你是我的弟弟,而不是妹妹的话,我们在一起会很快乐的!不然呢,有伯爵夫人在,现在不行,有些事你终究是永远都不会明白的!但是,没关系,做个聪明人。午饭时候见。晚上,或许我能和米哈伊尔说上几句话……"

他转身要走了。

"对了!你们现在又要去皇村别墅吗?我忘问了……"

"当然了,但不会马上去。爸爸会去,但外婆六月中旬之前无论如何不会去的。你难道不来吗,尤拉?"

"我不知道,我受不了这栋别墅。他们也完全放弃那栋'红房子'了。"

丽塔叹了口气。她自己不喜欢那无聊的皇村别墅。其实,伯爵夫人在芬兰另有一套,叫作"红房子"。很久之前他们住在那里。但那栋别墅已经闲置近六年了。房子很大、很破旧,但依然很坚固,四处都钉得很牢。丽塔的母亲在那栋房子里过世,所以伯爵夫人很憎恶那房子,但还没有卖掉或是出租。尤里喜欢那套别墅。夏天看门人住在小厢房里,大概两年前尤里在那儿待过。那儿有些潮湿,别墅位于山下的小河边,周围是森林,但很荒芜。

伯爵夫人说那儿很可怕，荒郊野岭的……但丽塔的母亲很喜欢。别墅的价格不菲。

当尤里悄悄关上身后黑漆漆的大门时，丽塔走向窗边，想着心事。多云的天气，干燥，天空像蒙了一层灰。隐隐约约看得见天空。水渠里的水像黑色的灰尘。弯曲的人行道，篱笆墙，篱笆墙深深的凹槽，凹槽上全是木板……大概散发出焦油、树木和胶水的味道……或许是这样，也或许不是，丽塔不知道，那块沾满灰尘的窗户还没拆下来。运货的车马颠簸得轰隆作响，但也只能恍恍惚惚听到。无聊啊，无聊……

沉闷而庄严的房子——伯爵夫人的宅邸。

第十一章　法国女人

娜塔莎是米哈伊尔的妹妹,她已经待在海边旅馆的房间里一周多了,她很痛苦,也不知道自己该做什么。

整个局面有些混乱和艰难。如今,在巴黎的冬日里,她遇到了尤里·德沃耶库洛夫并和他在卢森堡公园交谈了几句,她当时不是很真诚。那时她已经没有一丝精力了。内心慌乱的情绪在不断滋生。她慢慢地疏远所有人,先是疏远亲近的人,最后和米哈伊尔也断了联系,至少她不知道任何关于他的事,也不再理解他。

这一点很痛苦。不知为什么,只有他,她的哥哥,她生命中的至爱能帮助她。虽然娜塔莎也自鸣得意地告诉尤里:米哈伊尔是过去的事了,但是她其实自己也不相信他已经完全是过去式了。那,他算什么呢?

她备受煎熬,特别渴望见到米哈伊尔,一定要见面。之后,无论做什么,无论发生什么都无所谓,但是必须得见一面。她不会掺和任何事情，也不会问，她只是需要和他见面。

这事办起来非常麻烦和让人头疼。为了来彼得堡，她需要得到那些已经疏远的人的帮助。而若想获得帮助，她得帮他们完成一些事，哪怕是些微不足道的差事。好吧，就这样吧，无所谓。娜塔莎反正要见到米哈伊尔。她一门心思这样想着。

实际上，这件事安排起来非常不方便。这位法国公民特蕾莎·鸠克洛小姐是一个歌手，她来俄罗斯寻求聘约，她如何在一个有着竖式钢琴的房间里接待米哈伊尔这样一个人呢？况且，怎么找到米哈伊尔呢？娜塔莎向自己保证，一定要考虑到细枝末节，慎之又慎。她决定佯装成歌手，随便唱些歌。按照自己可笑之极的周密计划，如何找到米哈伊尔，她也不知道。

守株待兔吗？很难，而且很可怕。她为了自己而来，应该加倍小心。她手头有一些要办事的地址，但是她哪也没去……最好还是等吧。彼得堡对她来说是完全陌生的。一切都变了，一切都是另外的样子……是什么呢？难以确定。

她瞬间想到了尤里。他是很容易在"法国"被接见的人。伯爵夫人的地址也想起来了。她给他写了一封散发着法国香水气息的信。她还琢磨了一下：不会洒太多了吧？不管了，就这样吧。他会认出我的笔迹的。

又开始等待。杳无音信。

每天娜塔莎都在海边散步很久。一个熟人也没有。军官，穿戴讲究的人都在围着她转。她急于摆脱这些人，但不会做得很绝，她要维护自己的身份。她毕竟是个歌手，她的着装也像是一个温和的歌手。

一直音信全无。再写一封吗？痛苦的娜塔莎走在海边，没有想法，毫无盼头，但是她突然停下脚步。

离她几步远的地方，手套商店的橱窗旁，有一位愁眉苦脸、不修边幅的军官站在那里，他望着那些手套，显然，没有任何兴趣。

不久前，娜塔莎大概有两次远远地见过他，所以，这一回立刻就认出来了。这是尤里的亲戚，也是他的朋友。在很久很久以前，一次会议的某个大厅里，尤里曾把他指给娜塔莎看。他不认识她。这很好。但是怎么解释一下，她认得他呢？假如，说她已经在彼得堡了……有点难。好吧，不管了。

"Monsieur…Je vous demande bien pardon.（先生……对不起，请原谅。）"她说。

军官转过身，不苟言笑，满脸狐疑地望着她。

娜塔莎竭力表现得没那么羞涩（因为不符合她歌手的身份），用法语娓娓道来：

"Monsieur（先生）……您好像是尤里·德沃耶库洛夫的亲戚吧。您知道他现在住在哪儿吗？我前不久刚过来……想和他见个面。我们是好朋友……"

萨沙·列夫科维奇听了这话，一时间没太明白这位衣着光鲜女士的来意，皱起了眉头。

这时，手套商店里突然跑出一个约莫十五岁的可爱姑娘，戴着一顶圆帽，扬起神气十足的小脸蛋跑向列夫科维奇。

列夫科维奇无助地转过身去。

"木拉，这位女士好像是法国人……她似乎在找尤里。"

"找尤里？"

木拉立刻冲向娜塔莎，用法语和她讲个不停，语速几乎比娜塔莎的还快。木拉很兴奋能有这样的奇遇。她颇喜欢法国女人。她第一时间就能猜到，娜塔莎能和她说什么。这位法国女演员在这儿几乎没有熟人，还和尤里有关——这一切都让木拉欣喜若狂。

娜塔莎不知道该想什么。这姑娘指着军官说：mon mari（这是我的丈夫）——而实际很难想象，她已经结婚了。这姑娘殷切的兴奋劲儿也让她不解。尤里的地址她还是无从得知，那位军官"丈夫"则一直默不作声、郁郁寡欢地站在那儿。

"是的，是的，他搬家了，"木拉絮絮叨叨，娜塔莎鼓起勇气再次问到尤里的住处，"也不是完全搬走了，但之后就住在另外一套房子里去了。我不记得具体地址了，真糟糕！我丈夫可能也不记得了。"

旋即，她向列夫科维奇抛出一个意味深长的眼神：意思是别出声！然后又接着说道：

"如果这位女士您愿意的话……我们住的也不远……就这个胡同里……来我们家喝杯茶吧……我再给您具体地址。"

娜塔莎不知所措,不知该如何作答。这时,木拉又突然加了一句:

"我们还有他的电话号码呢!我们可以给他打电话!"

尽管这一切让人觉得很神奇甚至还有些可疑,但娜塔莎还是同意了。不管了!等待实在是太痛苦了!

她控制好自己的情绪,继续佯装成一个快乐的法国女人。木拉微笑地引着她跟着自己走,木拉喋喋不休地问她懂多少俄语,并详细打探有关尤里的情况。

萨沙·列夫科维奇默不作声地跟着她们。他近些日子都非常无聊。

第十二章　消　遣

"正好，有人打电话来，找您。"管家对正在下楼的德沃耶库洛夫说。

尤里受不了这些来电，尤其瓦西里岛公寓里的，因为电话在楼下。他让管家永远也不要打扰他。但这回倒是无所谓，因为刚好路过。

他懒洋洋地拿起听筒。

"谁啊？"

"哈哈哈！真是一点儿都不客气啊！C'est moi, Moura（是我，木拉）。"

尤里一副懊恼状。

"是您啊，木拉？怎么了？是萨沙想说什么吗？"

"哎，我的老天，怎么是萨沙呢！是我自己想跟您说些事！"

"到底什么事？"

"很快的，别那么不耐烦。Comme il est grincheux（真是说话没好气）!"

"我很忙，木拉。我要出门。"

"别，别！若您正要离开的话，那就请来我们这儿一趟吧。实际上，我们这儿有个惊喜给你。特蕾莎小姐在我们这儿，我打电话给您就是为了她。她非要您的地址，可您又不回她的信。"

"什么信？哪个特蕾莎啊？"

"哎，我的天啊！非常迷人的特蕾莎小姐，她正站在我旁边渴望见您呢。她想听我们说话来着，可一点儿都听不懂。还是让她自己来说吧！"

只听见木拉嘚嘚不停说了一通法语，随后，让尤里感到有些熟悉的另一个声音也用法语开了口，她说着丰坦卡宅邸的书信、说起约会、聊起往日时光……

"对不起，我不认识您……"

尽管对方语速飞快地说着些快乐的事情，但他还是听出了她声音里的绝望。这样看来，他似乎早就应该认出她来，而且应该很高兴见到特蕾莎小姐。

尤里想：显然，木拉在旁边听着呢，事情有些不对劲。于是他用俄语问道：

"您身边有人吧？您说话不方便吧？听得懂吗？"

"Mais oui, mais oui（啊是的，是的）。"她高兴地低声回答。

"您现在在列夫科维奇那里吗?"

又是轻快的法语回答。

"那么您等一下,我现在过去,在那儿见了面再说。您的名字是 Thérèse Duclos(特蕾莎·鸠克洛),对吗?"

他放下电话,走出大门。他的思绪在千里之外,所以没认出娜塔莎的声音。怎么回事呢?他的好奇心被点燃了,心情很愉快。

他很久都没去伯爵夫人那儿了。而这个假冒的法国女人显然就是往那写的信。要不要顺便把信取回来呢?算了,没什么必要。这样更有趣。

顿时,他的心情没那么高兴了。他忽然想到,这应该不是已经被遗忘的某次艳遇,而又是一些陈年"旧事"。是啊,肯定是。他怎么一下子没猜到呢!只是因为很久没想那些事了。乔装、躲藏……只是,这到底又是谁呢?为什么是在列夫科维奇那里呢?又为什么要找他尤里呢?

这可怎么办?尤里笑了笑。想要摆脱他们也没这么快,何况他们都不笨。如果恰好是个机会,又会很遗憾没帮上忙。

尤里朝列夫科维奇家走去,他看了一眼手表。其实他急着去另一个地方。好吧,就十分钟。就去会一会这位神秘的老相识吧。

木拉嫁给列夫科维奇的时候,嫁妆很多,他们日子过得还不错。但他们整个公寓都显得乱七八糟,毫无条理,所有新东西看上去都像是老物件。木拉身下的躺椅和沙发颜色很鲜艳,又笨重;

靠垫和枕头都乱蓬蓬的。搞不清这里住着的到底是一个名妓还是五个小孩子。

尤里本想直接去书房找萨沙,但木拉满脸通红地从餐厅冲了出来。

"啊哈,您大概是飞来的吧!来来,快来!必须得承认,她是个美人儿!我们已经成为朋友了。只是您的事儿她什么都不说清楚。"

木拉抓着他的袖子,像个小孩儿似的叽叽喳喳。

他走进餐厅,迅速扫了一眼——看见一个苗条的身影,在硕大的帽子下遮着一张黝黑的脸,正努力朝他微笑,一双明亮——准确地来说,是空洞的眼睛——他立刻认出来这是谁,况且也似乎猜到了,为什么她要戴一顶这样的帽子,为何她在这里,又为何需要他尤里。

又要管别人的事了。好吧,尽快结束吧。他不会为她做什么困难或严肃的事情。最好她也别提出来。

两人开始闲聊。尤里看着娜塔莎的脸,有些担心她会暴露自己,而他又不想向列夫科维奇做任何解释。木拉尤其让他恼火。有这个必要吗,拦这么一个愚蠢的突发事件!是要把娜塔莎拐走吗?不,木拉比这还要缠人。

"萨沙不在家吗?"他随口问。

"在家!我现在就把他拉过来!"

木拉跑出了房间。

与此同时,娜塔莎迅速贴近尤里,喃喃低语:

"您今天会去我那儿吗?"

"今天……不行。"

"明天?"

"尽量吧……早上看看,不过我不能保证。明天很困难。"

"我的天啊!"

这对娜塔莎来说,无疑是个不幸的消息。她不知道,为什么会这样。殊不知,她已经足足等了一个礼拜。但是,有可能,也正是这个原因,她一天也不能多等了。

"您知道米哈伊尔的地址吗?"

"我?不,不知道。"

她脸色刷地一下白了,突然手足无措。只听见远处传来木拉吵闹的声音。没错,人马上就到了。

尤里这时想了想,要怎么帮帮娜塔莎。又想了一会儿,突然蹦出来一个绝妙的点子。明天是礼拜几?礼拜六?太棒了。

他微笑着,向娜塔莎点点头。她没明白,但还是振作起精神,暗自等待。

"你好,亲爱的。"尤里对列夫科维奇说,"你忙吗?木拉妨碍你了吗?我也很忙,马上要走。只是想在你们这儿给我这位迷人的女伴写一封推荐信。就几个字,我们需要的人正好今天能收到。

木拉,可以吗?"

"当然。给谁写啊?谁啊?"

她跳起来往前跑去。尤里则跟在她身后。

"知道得越多,老得越快。"

娜塔莎留下来和列夫科维奇两个人待在一起,她一言不发。不知为什么,她在他面前滔滔不绝地说一些冒牌法语单词让她浑身不自在。她也厌倦了这种拙劣的表演,有些同情这位慈眉善目,但却一筹莫展的可怜人儿。他看上去不知是生了病,还是受了什么苦。对他撒谎良心上会过不去。

木拉摇摇晃晃地回来了。很快尤里也走了进来,手里拿着一个没盖印的信封。

"这是信,你看一下。里面我给您写了说明,告诉您什么时候和怎样出发更方便。不过您还是会迷路的!明天或者后天我一定来找您。现在呢,请原谅,我得走了!迟到了!"

鸠克洛小姐满怀感激之情,立刻把信藏了起来,也起身急着要走。

这时来了两位新客人:一位胖军官和一位长相俊美,但怪异的年轻文官。木拉大声招呼他们。

"鲍里索夫!你们搞到包厢了吗?"

萨沙·列夫科维奇跟着尤里走进大厅。

"这是谁啊?"尤里皱着眉问。列夫科维奇没有回答,只是耸了耸肩。

"萨沙,到我家来吧,我们聊聊。"

"我会来的。早就想跟你聊聊了,只是我刚走出家门,就又回来了。我和自己都不知道该说什么,跟你能聊什么呢?"

"没事。来吧,亲爱的。我晚上会专门待在家里等你到十二点。只不过下周五我没空,要去参加'最新问题'社团的一次大会,我过去看看,可能发个言。"

"是吗?在哪儿开会啊?"列夫科维奇心不在焉地问。尤里告诉了他地址。

"不,你别等我。我会碰到你的,会的。你别专门等我。"

尤里沮丧而伤心地看着自己的朋友,紧紧地握了握他的手,离开了。

第十三章 约 会

丽塔徒劳无益地向哥哥抱怨：在这个阴沉沉的家里，没人过问她的事，她比其他姑娘们过得更自在。只要能适应伯爵夫人，在一些琐事上唯她是命，就没什么难事儿。没有人关心丽塔；自从最后一位家庭教师离开之后，新的老师还没来之前，她可以一整天就一个人过。尤里房间里的书五花八门，够齐全的了。

伯爵夫人也不关心外孙女的功课。每次招新老师的时候，她就把自家这位素朴的"小包袱"送到老师那儿上好第一节课——就此完事大吉。

米哈伊尔给丽塔辅导功课进展得很顺利，尽管有些出乎意料。米哈伊尔早上过来，穿着朴素，进了教室规规矩矩地坐好。没有任何无关的交流。丽塔对数学特别有天赋。他俩都真心热爱学习。

丽塔有的时候会想和他说会儿话，想向他提问……但她不敢。那双蓝眼睛看起来是那么遥远、冰冷而陌生。

这天早上他们埋头解一道对丽塔来说比较难的新题目。偌大空旷的教室,窗外是花园。阳光透过垂下的白色窗帘,昏黄了空气。

门开了一条小缝儿。年迈的清洁工戴着白帽,朝丽塔招呼。

女孩不耐烦地耸耸肩。

"马上!"

清洁工有些惶恐,退到明亮的走廊里。

"是从尤里·尼古拉耶维奇那里来的。"清洁工低声细语。

在伯爵夫人的家里所有人说话都是轻声细语的。清洁工格利克丽娅上了年纪,端庄古板,但她喜欢尤里,会把他的名字说得比平常要响一些。

"他们给您留了便条,一位小姐在那儿等您回复。"

"什么小姐?尤里那儿来的?"

丽塔急忙扯开信封。信上只有几行字:

"小丽塔:立刻接待转交这封信的小姐。如果你在上数学课的话,就在教室里接待她。那里一切都会水落石出。她是个好姐姐。我很快就回来。吻你,小不点。撕了信。"

"格利克丽娅……请……他说……让那位小姐到教室里来见我。这里有老师——没什么……等下。不不——"她看到格利克丽娅有些不安,忙补充道,"尤里很安康,他会过来,他只是让她给我带两本书……"

丽塔跑回教室,把信撕成碎片,慌慌张张地说:

"是我的哥哥尤里……他总是这样,什么都不说清楚……不过,大概需要这样。那女的正往这边来……"

"您忙吗?"米哈伊尔起身说道,"忙的话请允许我……"

"不,不忙,她就是应该来这里的……"

"但我不能……"

娜塔莎已经走了进来。她一身黑衣,朴素简单。昏暗的阳光染黄了空气。

他们和米哈伊尔面对面坐着,沉默了片刻。丽塔一头雾水,不安地看着他们两个人。

就这样突如其来地在他人家里碰着了面,两个人都很谨慎,也很慌张,不知道要怎么做才好。直到丽塔天真地开始没话找话:

"尤里写信说,要来教室……说姐姐……"

"这么说您知道了?"娜塔莎迅速转向她。

然后又立刻走向米哈伊尔,默默地紧紧地抱住了他。

"这是我的数学老师……我们在一起做数学……"丽塔忙接着说道。

她已经意识到,需要解释解释,是尤里照例不着一字地安排了这场惊喜。

娜塔莎还是不知道该如何控制自己,当着女孩的面该说些什么。与米哈伊尔见面所带来的巨大喜悦刹那间消失得无影无踪。这的确是她希望的结果——他们见面了。那么然后呢?

尤里给娜塔莎的便条比给丽塔的信还要短:"明天十一点带着这封信到我妹妹那里,说您是从我这儿来的,您在等回复。穿得简单一点,说俄语。"

就这些。她没多想,就照做了。可现在怎么办呢?

丽塔再一次伸出了援手。

她抓起自己的练习本,风风火火。

"我去尤里的房间,再看看这道题。就在隔壁。这里没人会过来。我这就走。"

娜塔莎牵起女孩的手,忽然亲吻了她。丽塔顷刻间就相信,这位"姐姐"是自己的朋友,心里为此感到又高兴、又激动。她悄悄溜出了房门。

房里只剩下娜塔莎和米哈伊尔两个人了。

第十四章　何为罪

尤里没预料到今天早晨有空,他没有在家过夜。但十一点半左右,他正巧在伯爵夫人家附近,就决定顺路过去,看看那里的情况。他很想知道,他的小妹妹如何应对他的那封信……

他在这里也有自己的钥匙。

他悄悄地进了自己的房间,吃惊地看到丽塔像只小老鼠一样安静地坐在那儿,耳根激动得通红,聚精会神地看着书。门被打开的时候,她哆嗦了一下。

"噢,尤里!哎,谢天谢地!"

她急忙支支吾吾地告诉了他一切,说他们在教室里……已经很久了……她不敢过去……可马上要吃早餐了……

尤里皱起了眉头。

"是呀……最好让他们晚上无论如何……你担心什么?我这就安排好。"

然后他就进了教室。

过了五分钟,他带着娜塔莎回来了。

娜塔莎热泪盈眶,双唇紧闭。

"这是我的好妹妹,"尤里开心地说,"她可是个大好人。你们认识了吗?"

"我已经爱上她了……"

娜塔莎内心洋溢着快乐,重新满怀深情地把小女孩搂了过来。

"好的,那么现在,乌丽特卡,朝教室前进,让老师回去,然后到我这儿来。你和娜塔莎道别了吗?"

"啊,再见!您要走吗?尽快走吧!就称呼您娜塔莎吗?"

"我不知道。"娜塔莎微笑着说。

"是啊,是啊……我明白的……但愿我们还能相见……"

教室里她心急如焚地跟米哈伊尔说了些什么,却什么也没说上来。米哈伊尔微笑着,温存地看着她。

丽塔调整好自己的情绪,干脆利索地说道:

"您的妹妹,没错,不会住在这里……"

"不住在这里……"

"这样您和她在尤里那儿见面很方便。尤其是晚上,那里一般没人……"

"我们全都已经商量好了。"米哈伊尔说。他道过别,离开了。

娜塔莎已经不在尤里的房间里了。尤里陷入沉思。

"丽塔,"他对进来的妹妹说,"求你别……"

"噢，我难道理解错了！"

"不是这样，而是你要知道，我现在不会再掺和他们的事了，我不感兴趣，也不建议你这样。但，要怎样还是随你。如果我允许他们在我那儿安排约会，并且顺便和他们说话，那只是因为我能够帮助他们，而且这对我来说并不难。不要总想着这事也不要轻举妄动。只有在最紧要的最后关头才可能做些伤害他人的事。"

丽塔睁大眼睛看着他。

"伤害？是啊，我大概不明白！从来不会害人呀！"

"是的，永远不要因为愚蠢、大意，或者满足一己私欲去害人。但只有一种情况例外：如果必须在别人和自己之间作出选择——那么必须，理智地，无可避免地伤害别人，而不是自己。"

"噢，尤拉！那如果对自己的伤害并不大呢？"

"根本没有伤害不大这样的说法。害人——这是令人讨厌的愚蠢；害己——这是，叫什么来着？对，这是罪过吧……"

"我不明白……"丽塔语气坚定，但尤里打断了她：

"够了。你应该是明白了。要当心点。人们希望成功的时候很容易避免，也应该避免这种可能会衍化成罪过的极端状况。再见，亲爱的，我不留下来吃早餐了。"

第十五章　萨沙的事

列夫科维奇一直没来和尤里见面。反而是闲不住的木拉，也不顾伯爵夫人难看的脸色，经常晃晃悠悠、兴高采烈地跑来找丽塔。她又把丽塔拖进了教室。

"小心肝，你就这么整天待在家里吗？多好的春光啊！岛上全是绿油油的一片。我昨天去了那儿，实在是太开心啦！跟你哥哥说，让他带上你和我们一起去。"

"我哪儿也不去。"丽塔闷闷不乐。

"你甭管这个老太婆啦！她这是把你关禁闭呢！尤里要不是冲着你，他可坐不住呢！啊哈，他多风趣啊！你再想想。"

然后她把美人鸠克洛小姐的事情原原本本地告诉了丽塔。

"优雅绝伦的女人！最让人惊奇的是，尤里已经设法把她藏起来了！过了两天我去旅馆找她：有趣极了的法国女人！你猜怎么着，他们说她走了，连地址都没留！"

"为什么你认为是尤里？"

"因为他在我们那儿给她写了什么信……推荐信还是什么……答应之后会来找她……"

"之后？信？"丽塔陷入沉思，不经意地又问道，"她的眼睛长什么样？"

"你见过她吗？眼睛很迷人，非常亮。"

"我哪里见过呀？我只是不明白，这和尤里有什么关系。结果她还走了。不过，这和你又有什么关系呢？"

木拉笑起来，但又立刻收住笑容，摆出一副悲伤的神情。

"我的天哪，你真是太无聊、太无趣了！你若跟我丈夫结婚就好了，我的妹妹！他也是整天皱着眉，成天一大堆问题……我才不是这样，不是这样的……这性子闷极了！"

丽塔惊讶地看着她。

"萨沙？萨沙性子沉闷吗？"

"对啊！这还不闷！"

木拉从教室桌子上跳下来，凑到丽塔那宽大的旧漆布沙发旁，压低嗓门儿，像小姐们窃窃私语那样说道：

"他啊，特别能吃醋，动不动就犯浑。我能不能去做修女啊？我就是这样的人，向来如此。和他在一起那么无聊，这可不是我的错。"

丽塔听着她的话，内心无比震惊。无聊！那她为什么还要结婚呢？

"主要是,"木拉继续说,"对于我这种人,他最好别逼我太紧。要是逼得我受不了了,我就会对他全都说出来,一走了之。就得这样做。"

"怎么一走了之?难道你不爱他吗?"一脸茫然的丽塔小声问道。

"爱,爱……不爱……哎,我的天啊……"

心不在焉的木拉在房间里焦躁地踱来踱去。

"我怎么知道?他别惹人厌就行。他一点都不懂我!应该要理解我的……而尤里——则是另外一回事了……"

"尤里理解你?"

"若我是个坏女人——我本来就是!又不是我把自己变成这样的!哎,现在也没什么好教我的了。事情只会变得更糟。"

格利克丽娅悄悄地走了进来。伯爵夫人认为这位不速之客在外孙女那儿待得太久了。

"我才不会去找那个老太婆,"木拉在清洁工走后喊道,"我还有一个地方要去……丽塔,请你别把我们的对话告诉尤里。我这么风风火火,总是喜欢多嘴……而他……"

"这是为什么……"丽塔说。

"就是这样!最近在尤里那儿我总是犯错!可不干我的事儿啊,你知道吧!啧,我也没有很害怕!"

然而她的表情却是惊慌失措的。丽塔毅然决定把所有的事都告诉哥哥,起身送走了客人。

"而那个法国美人",在前厅里木拉又闲扯道,"长得有些像我上个家庭教师列昂金娜小姐,就是比她还漂亮些。啊哈,我的天,尤里·尼古拉耶维奇来了!"

尤里真的走进了前厅。丽塔有些害怕:这下木拉无论如何走不掉了!然而尤里瞬间了然于心。

"您要走了吗,木拉?再见!我赶着去见伯爵夫人。"

他没有给万般懊恼的木拉留一点机会,也走出了前厅。

丽塔跑着跟了上去,在走廊里追上了哥哥,匆匆把木拉的事告诉他,又忽然加上一句:

"那这个法国女人,尤里,她是……"

尤里生气了:

"这关你什么事啊?一些又蠢又无聊的破事!难道就不能让我清静清静吗!彼得堡简直就没法待!去岛上的人全都在发牢骚怨天怨地,到这里来也都一个样!"

丽塔脸色刷地白了。

"你不公平,尤里。"

他又笑了。

"是啊,我不公平。请原谅,好妹妹。是萨沙的事让我心烦。怎么说,是他自己不对……"他沉思片刻,又说道,"我今天在你们这儿吃午饭,然后在这儿待一会儿,休息休息。"

第十六章　自杀者

没能休息成。

尤里吃完中饭,刚在自己宽敞的办公室那张土耳其沙发上躺下来,就有人敲门。

"有个大学生找您,"格利克丽娅轻声说道,"他在您不在的时候已经来过五六次了。您需要我拒绝他吗?"

"什么样的大学生?"

"挺高的,面色苍白。他再三恳求。"

尤里挥了挥手。

"好吧,随便吧。让他进来。"

科诺尔进来了,一副从未有过的笨拙和阴沉神情,眼神怅然若失。

"我……有事找你。"他支支吾吾。似乎感受到尤里见到他很不悦。

"又有事?"

"是的……更确切地……只是……我自己也不知道为什么来。我找了你很久,但不知道是为什么……"

尤里看了他一眼,目光犀利。

"好吧,坐下吧,我叫人上点茶。"

科诺尔坐下了。

"不用上茶……我就是……"

"随你。你最近和谁见过面了?"尤里轻声问,眼睛继续仔细打量着来客。

"见面?我没和谁见面。我一直是一个人。和所有人都断了联系。好像所有人都消失了一样。又好像所有人都躲着我。就连雅科夫也……不过,你不喜欢他。我丝毫不埋怨,以前我就从不去寻找亲近的人。但现在我已经精疲力竭了。"

尤里在房间里徘徊,皱着眉,面有不悦。

"那么我和你能做些什么呢?"他突然收住了脚步,"你现在状况很糟,所以你需要有人说些安慰的话,你就是为了这个而来。但那些毫无意义的话让我感到厌烦。"

科诺尔一动不动地坐着,脸色阴沉,像个死人。

"毕竟,你没遇到什么不幸。要是大难临头,大概我们就会一起思考了……那么……干吗要过来呢?就这么愁眉苦脸地看着。"

科诺尔粗鲁地哈哈大笑。他看起来确实令人不悦:一脸的痛苦和疲惫。

"没遇到不幸的事？所有不幸都发生了。这就是我遇到的事。"

但尤卢里亚耸了耸肩，再一次在房间里踱来踱去，冷漠地说道：

"那就请离开吧。我不喜欢看到我无力帮助的可怜人。如果你母亲生病了，我能帮着去找医生。如果你挨饿，我能帮你果腹。如果你被卷进一些事故里，我能想方设法来替你解围。可现在，天啊，你来找我这件事简直荒唐。你一口咬定自己不幸还希望四处宣扬？行行好，快走吧。"

科诺尔站了起来。他脸上已经没了笑模样。整个人躬着背，制服好像挂在衣钩上似的，两个袖子也像是空的。

"那我走了，再见。"

尤卢里亚搭住他的肩膀拦住他。

"科诺尔，亲爱的，这都是你的胡闹。其他什么都不是。因为你现在有点神经衰弱。你迷失了自我，都到了这步田地，简直要用子弹打穿自己的脑壳了。然后你就会妄自尊大，觉得这不是什么了不起的陈词滥调。你没有承受过任何大的苦难，但却遭了很多小罪，你疲倦了……你应该停一停，休息一下。"

尤卢里亚关切地拥抱了他，让他再一次坐到圈椅上。

"你累了，是不是？因为你对什么都提不起兴致。一切对你来说都是不必要的、枯燥的……甚至让你感到厌恶。是这样的吗？"

科诺尔顺从地坐进了圈椅。似乎在听,又似乎没在听。突然他抬起了头。

"是的,我今天白白来你这儿一趟。"他简短地说道,"是的,我是累了。是啊,可能今天我就会死。我来的时候就是这样的。想起来了,也许你会见到赫霞。她曾经那么爱你。"

尤卢里亚猛地浑身一哆嗦。

"你是知道的。我不喜欢她。我同情她,也害怕她。我真蠢啊,没什么好同情的,也没什么可怕的。"

"所以呢?"科诺尔冷笑,"不过,都无所谓了。对,我爱过赫霞,可她爱的是你。那我该怎么办呢?我甚至不知道她现在在哪里。而且我大概早就不爱她了。"

尤卢里亚灵光一闪。

"所以你不知道她现在在哪儿?所以你什么都不知道?那你还记不记得那时候在花园里,你转达给我的那个请求?"

科诺尔摇了摇头。

"我告诉你,从那时起我谁都没见过。大概连房门都没迈出去过。"

"好,很好,科诺尔,"尤卢里亚有些兴奋,"一切都还来得及,如果你想的话,连自杀也来得及。那今天就帮我找点乐子吧。我们一起走吧。"

科诺尔抬起惊讶的、阴郁的眼睛:

"去哪儿？现在？"

"是啊，现在。为了我。让我高兴高兴。"

"我不明白。不过，好吧。我无所谓。"

第十七章　女裁缝

丽莎正在闹情绪。

但她觉得有时候闹情绪是必要的，没什么不对。

今天她一整天都在和薇尔卡争吵，在电话里和瓦隆卡舅舅争吵，不许他过来。她穿着开衫躺在客厅里的留声机旁，愤愤不平、百无聊赖。

一扇窗户上的窗帘垂了下来，夜晚的光投进房间后也稍许暗淡了。

尤里和科诺尔一起来到丽莎家门口，彬彬有礼地按了门铃。

"小姐在家。她身体不是很好。"薇拉看了一眼走在尤里后面的大学生，装腔作势地说道。

尤里倒是很高兴。

"嗯，她在家，这太好了。既然她生病了，我们就来治好她。"他笑着，把大衣扔到薇拉手上。

丽莎其实是在生尤里的气,他很久没来了。但现在她仍然为他的到来感到高兴。

"很久没见着您了,"她拉长声音,"结果您就突然现身了。谁和您一起来的呀?科诺尔呀!"

"对不起,亲爱的丽莎,"尤里欢快地说,"我知道,你是我的机灵鬼儿。那么,你的女裁缝在家吗?"

"女裁缝——"丽莎失望地拖长声音,"您是来找女裁缝的?您刚才可是这么说的。她晚上什么时候待在家里过啊?"

但是看到尤里扬了扬眉毛,她又马上补充道:

"不过她可能还没走,我刚才听到谈话声了。"

"我让薇拉去买点东西就茶吃。"尤里说着,走出了房间。

房间里只剩下科诺尔和丽莎二人。

"他是要把您带到女裁缝那儿吗?"忍受不了科诺尔的沉默不语,丽莎最终还是开口问了。

她不是很喜欢他。

"我不知道。"科诺尔努力回应道。

"不知道?尤里就是这么不按常理出牌。大概永远没人知道他要去哪儿,什么原因。您是得什么病了吗?"

"不是的,我这个人就是这样。"科诺尔说了一句,便不再吭声。

夜晚的光芒照耀着的门洞,出现了一个黑头发、大眼睛、面色苍白的矮小女人。她穿着深色的裙子，针织的头巾凌乱地搭在肩上。

"来，科诺尔，玛丽亚·亚当莫夫娜想和您说几句话。"尤里对他说道，他跟在这位矮小女子身后走进房间。"您应该认识他吧？认出来了吗？"

玛丽亚·亚当莫夫娜靠大学生更近些，用力握着他的手。

"丽莎……好了，让大学生和裁缝讲几句话。你先到这边来！"尤里继续说道，"走，我们去备茶。"

丽莎对他的温柔态度很满意，便忘记了自己先前的情绪，跟着尤里跑开了。

闷热的客厅里一股难闻的、落尘的香水味道。

玛丽亚·亚当莫夫娜悄无声息地迈着步子，走近第二扇窗户，把窗帘掀开。光线和阴影对比更加明显。

"您别灰心，诺里克。"她轻柔、平缓地对他说着，又一次握住了他的手。"听说您很沮丧，别这样。我还记得您，就在前不久还提到过您，我本应找到您的。"

科诺尔清了清嗓子。

"为什么您需要我？您又怎么会在这儿呢，赫霞？"

"我当然需要您了。重要的是，千万不能灰心。求求您了，振作起精神来吧。我也不快乐，但垂头丧气可不光彩。"

"您为什么在这儿？"

赫霞忧伤地笑了笑,眨了眨眼睛。她的眼睛很大,睫毛纤长。笑起来的时候,就会时不时地眨眨眼睛。

"您知道的,我得找个住处。德沃耶库洛夫先生就安排我在这位……太太家当个女裁缝。"

科诺尔勃然大怒:

"他怎么敢这样?"

"别这样,别这样,"赫霞喃喃低语,"算了,这也挺好的,也没别的办法了。我很快就会离开的,已经没有其他办法了。"

这时候前厅里传来隐约的门铃声。

"我现在要走了。"赫霞急匆匆地说道,"答应我,科诺尔,向我发誓……您不会再这样下去,您会打起精神来。您还会再和我们一起……"

"难道我能帮上什么忙吗?况且我也没什么需求。"

"哎,哪怕是为了我。"赫霞不温不火忧伤地说。"雅科夫不久前才提到过您。"

门铃又响了。赫霞不再作声,露出紧张的神色。尤里来到前厅,开了门。

就在门打开的同时,传来了一个惊讶又粗鲁的声音:

"这是怎么回事?您干吗来这儿?"

没有人回答。尤里的语气坚定地重复了一次:

"您到底想找她干什么?"

"就两句话,必须和她说。"来客迫不及待、嗓音沙哑。

赫霞冲向前厅,走之前悄悄给科诺尔撂下句话:

"是雅科夫。出事儿了。"

在门槛上,电灯下,站着一位穿着优雅的年轻人,他的脸刮得精光,但脸色发青,不怎么讨人喜欢。他露出几颗稀少的牙齿,看不出是在笑还是在做鬼脸。

"她就在这儿呢!"看到赫霞后,他大喊道,"我大概也不用找太太了。"他转向尤里,"您为什么在这儿发号施令?我都不知道您是主人。"

"这种情况下,我就是主人。"尤里语气冰冷,"把你的那两句话告诉她,然后就滚吧!"

雅科夫客气地点头哈腰。赫霞小声说:

"德沃耶库洛夫先生,劳驾您了,没什么,他马上就走……雅科夫,发生什么了?"

尤里转过身,重重地摔上门,走出房间。

"怎么回事!科诺尔也在这里。"雅科夫顺便往客厅瞥了一眼,说道:"太好了,亲爱的。您之前怎么就消失了呢?赫霞,我是来告诉您,别去您今天要去的地方。刚好就在这儿碰到您了,还需要去别的地方。既然科诺尔也在这儿,可以带他一起走。"

"去哪儿?"赫霞问道。

雅科夫告诉了她。

"好。你和科诺尔一起走。我从后门出去。"

然后她就消失了。

科诺尔一言不发地拿起制帽。

"这地方也不怎么样啊。"雅科夫含混不清地抱怨着,"这家伙还这么能摆架子。"

"雅科夫,你怎么能那么说,"科诺尔开口道,"这会让赫霞……"

"恶狗身上好歹拔它一撮毛。好了,走吧。"

他们离开了。在餐厅里丽莎正对尤里喃喃低语:

"你知道的,我这都是为了你,我自己怕得要死。你就是被卷进了和他们的一段关系里!我对这样的事很不屑!我是替你担心。夜里我一醒过来就为你担心。你快把这个犹太女人从我这儿赶走吧。把他们都赶走吧!希望他们自己都消失吧,别再把别人牵扯进去了。"

尤卢里亚温柔地拥抱了丽莎,亲吻了她洋娃娃一般的头。

"是啊,我的小机灵!我自己也很厌恶他们。总是纠缠不清,紧追不舍的,而我因为怜悯又尽做傻事。要是她自己不走,那我们就会把她从你这儿赶走。她其实没什么,只是挺可怜的。科诺尔也是……哎,随他们去吧。"

他站起身,点亮了电灯。桌子上已经备好了茶,摆好了葡萄酒和一盘核桃。

"薇拉哪儿去了?"丽莎大叫,"茶炊都开了。快来,咱们一起把它从厨房抬出来吧!"

但薇拉已经拿着冷盘走了进来。

现在要上茶炊。丽莎和尤卢里亚要在家里安安静静喝茶,像一对老爷和太太。他们哪儿都不去,只需要聊天消磨时光。随后丽莎会带尤卢里亚进自己的卧室,直到天亮也不会放他出来。自从这个女裁缝住在这儿之后,他已经很久没有在她这儿过夜了……是啊,这实在是太拘束了!

第十八章 老生常谈

"娜塔莎，离开吧。"米哈伊尔再一次轻声细语，斜靠向她的肩膀。

她一言不发，也没加大步子，沿着潮湿的田间小道走着。

刚刚下过一场小雨，春天的田野散发出刺鼻的、令人疲倦的忧伤气息；还能闻到浅色白桦树的味道。迟迟升起的太阳漫不经心地悬在高空。

娜塔莎已经很久不用佯装法国女人了。她住在这儿，住在华沙铁道沿线被遗忘的郊外别墅小村。这个地方已经被遗忘了很久，别墅全部腐朽、散架了，像是在一场浩劫后留下来的。小河河岸上，在贫穷的村落旁散落着三三两两的简陋窝棚。其中一间便住着娜塔莎。她向一位寡妇，一位诵经的职员之妻租下了这栋房子。

今天娜塔莎从早上开始就等着米哈伊尔。他已经来过这儿一两次，他们一同在肮脏泥泞但是清新的森林里徘徊，随后娜塔莎穿过田野,在铁路小车站送别哥哥。

她希望他是一个人来。可今天他突然带着雅科夫和赫霞来了。怎么会发生这样的事?为什么米哈伊尔要告诉他们她在这儿呢?还是他们自己知道的?这是怎么回事呢?

漫长而又沉重的谈话。谈话对于娜塔莎而言是沉重的,因为她不愿意像和米哈伊尔说话那样和他们交谈,而且也不敢当着他的面这样说话。他们是怎样的人啊!还是老样子。赫霞忧愁地扑闪着长长的睫毛。雅科夫的举止让人觉得仿佛他们昨天才刚见过面。他们顺便谈起了尤里·德沃耶库洛夫。米哈伊尔头一回对他们借用他的房间、接受他的帮助表示反对……但雅科夫反驳了这种粗鲁的暗示,表示自己并不怕尤里,也不允许怀疑他:他不想再接受他进一步的帮助,只是因为德沃耶库洛夫先生有意要和他们分道扬镳。

赫霞勃然大怒。

"您怎么能这么说呢,雅科夫!就算是开玩笑也不能这样议论德沃耶库洛夫先生!您不了解他。"

雅科夫只是耸了耸肩:

"这是您的事,千万别后悔。"

现在他们四个一起朝铁路小站走去,赫霞和雅科夫走在前面。身材矮小的赫霞费力地跟着腿脚细长的雅科夫。赫霞习惯了在城市里石头铺的路面上走路,在田间雨后的小径上走路总是会打滑绊倒。米哈伊尔再次忧愁地对妹妹低语：

"娜塔莎，离开吧。其实无所谓。"

娜塔莎轻盈的面纱挂在了树枝上，炽热的太阳光斑照射在她的头顶。她停下来，把面纱从树枝上解下来。

"那你呢？"

"离开吧，娜塔莎。你知道我的……你几乎都知道。"

"我知道什么呢？你说，我听，好像我都理解了一样。但我并没有理解。不知你是想做事，还是不想做事。"

"我在等。"

他牵起她的手，他们又一次在静谧的田野中往前走。

"娜塔莎，我跟你说些几乎不能和自己说的话。你不要以为，当我们这些被遗忘的人监视别人，监视自己，很多人倒下去再也爬不起来的时候，我不信任人们。那种无法相信别人的绝望，我早就经历过了。但一切都过去了。留下来的是我们更坚定地相信我们所从事事业的正确性，相信牺牲者们的正义。他们面前是神圣的责任，这种责任非比寻常，令人愉悦。不论过去还是未来，对我来说展现的只是全新的意义……"

娜塔莎耸了耸肩。

"全新的意义……全新的意义……这都是老生常谈了，米哈伊尔。我不能理解你不是我的错。仅凭这些老生常谈干不了什么事的。"

"好吧,除了这些老生常谈的话,我也没有什么要对你说的了。不理解的话——就单纯地去相信吧。你不明白,所以我求你赶快离开。而我——会继续等。"

"对不起,米哈伊尔。让我把我的话说完。只希望你告诉我,你知道自己应该做什么吗?"

"我知道。而且我想做,但是不能……和他们一起。他们——都是过时的人了,娜塔莎,他们这些人什么都没有经受过,就好像从来没睁开过眼睛。"

"我也是过时的人吗?"娜塔莎冷笑道。

"是的……连你也是……请你理解:我们都已经被弃置一旁;一些人胆战心惊,不想再做任何事,他们走了;剩下的人留了下来,但是他们几乎感受不到动力,固执又愚钝地站在同一片沼泽里。你——是离开的人中的一员。剩下的人想要做事,但他们的思想是过时的——也就是说,他们的条件也是过时的。所以,就算是做事,也还会是老样子!"

火车从远处传来悠长的、愁苦的汽笛声。雅科夫和赫霞已经往前走了很远,几乎看不见了。

"可我毕竟和他们在一起。"米哈伊尔继续说,"我是一个阶下囚,德沃耶库洛夫说得没错。只不过我不是被自己的事业或信仰所困,而是被那些我不信任的人所囚禁,这些人想做的事和我一样,但是缺乏我所具备的内在知识。也许,他们会无意识地毁了自己,也毁了我。但是我现在不能离开,所以我要等。"

娜塔莎停住了脚步。

"米哈伊尔,离开吧!你该走了!你谈到内在知识,但同时也有外在的。确实,它已经过时了,一切可能都会重来。没错,我也不信任他们……你看看吧,雅科夫……"

"别说了,"米哈伊尔正色说道,"我现在哪儿都不会去,也不要叫任何人。我相信推测和直觉,我不想相信无谓的牺牲。别怕,我会等,我不会盲目地冲向前去,但也不会往回走。现在,我就是个囚徒,不过随他去吧,也不可能是别的样子了,我应该活到最后。"

娜塔莎迈开了步子。小树林里又湿又滑。灌木丛后面小站的屋顶已经被夕阳染红。

"米哈伊尔……"

"怎么了,亲爱的?"

"你在等什么呢?新人吗?"

"不,不是的!这才是真正的'老生常谈'。不需要等待新人……就像不能无视旧时代的事业而去等待'新的'事业一样,等待新人也是如此。应该在老一辈的基础上进行改正和重建……这才是应该做的事。而等待新人——这首先就是对自己不抱希望、不想再努力的表现。"

娜塔莎疑惑地笑了笑:

"所以你要等这些人,像赫霞、雅科夫、尤斯和其他人——等他们改变态度吗?为什么要这么做?你自己都不知道你到底要什么。"

"我在等着能把一切看得清楚些。没有其他目的了。如果不是他们,那么就会有其他人,应该有其他人!那些自由生长、对生命的动向十分坦诚的人。但要对谁放弃希望呢?怎么敢呢?为了弄清楚这一点,应该更清楚地观察、更多地去了解。所以我要等,要观察。审视自己,观察他们。"

娜塔莎陷入沉思。

"关于'新人',全新的人,你说的是对的。等待新人是件很可怕的事。谁知道他们是怎么样的人,是不是新人?那如果是像德沃耶库洛夫这类的人呢?"

"德沃耶库洛夫?是的,他完全是一个新人。可又或者完全是个过时的人。他是人吗?"

"不然是什么?"

"是一个生物……一个有机体……一个个体……"

"是人的属性吗?米哈伊尔,我有时候觉得我们所有人,不论过去还是现在——都是一群败类,我们都还未开化,而尤里——他是个正常的人类个体,像他这样的人的未来……"

"请别再胡说了,"哥哥打断了她的话,笑道,"我们到了,现在火车来了。我们最好告别吧,没时间闲聊了。"

雅科夫和赫霞在小路的最后一个拐弯处等着他们。

"我的火车来了,"雅科夫说,"再见,保重。"

右边,灌木丛的后面悄无声息地驶来一列粗壮、漆黑一片、烟囱硕大的火车。

"您难道是往这个方向吗?"娜塔莎问。

"是的,最好是这个方向。"

雅科夫轻轻按住披在身上的外套,沿着木质楼梯跑进站台,消失在岗亭后。

火车发出一声闷响,停住了,过了半分钟再一次发出喧哗的闷响,往前驶去。

"我和你们一起走一段,"娜塔莎说,"另一辆火车马上要来了。"

潮湿的木质火车站台上空无一人,全身脏兮兮的庄稼汉往小推车旁的栅栏旁跑来跑去,一条瘦弱的黄狗在轨道间徘徊。太阳欲下山,却没能如愿。它竭尽了全力——却还是那么明亮。傍晚时分的云雀仿佛螽斯一般发出刺耳的鸣叫。废料堆下从沟渠里升起白色蒸汽。刺骨的潮气。而晚霞仍把潮湿的白桦染成金色。

他们三个沿着站台走着,不知道该做什么,说什么。

赫霞在他俩中间显得特别瘦小、无助。米哈伊尔温柔地看着她,但娜塔莎有种可怕的预感,觉得自己开始讨厌她。为什么——是她?因为她很碍事?米哈伊尔等着她发生什么转变呢?

这一切都是徒劳无益的。娜塔莎打算再和米哈伊尔多说两句,但是有她在就不能说了。况且,他要和赫霞一起走,但娜塔莎却要留下。是啊,他是个囚徒。有人囚住了他,就是像赫霞这样的人,他不能抛弃他们……和他们在一起,他无论如何无法前行。

"您要离开吗,娜塔莎?"赫霞突然问。娜塔莎看了她一眼,目光冷酷。

"我不知道。可能会离开,我想离开。"

他们再一次沉默不语地走着。他们听见像螽斯一样吱吱作响的云雀啼鸣,看着不愿下山的湿润太阳,等着将要把米哈伊尔和赫霞带走的火车。

娜塔莎想问米哈伊尔,什么时候才能再见,会不会再见——但她终究没有说出口。

第十九章　判　决

尤卢里亚异常兴奋地过了几日。没有对任何人感到厌烦。他和丽莎玩闹了两次，又再一次摇身一变，乔装成花店伙计，和玛什卡顺利幽会。玛什卡仍能供他消遣；她甚至因为自己那简单纯粹的无忧无虑和屈指可数的要求触动着他的心。玛什卡大概从未想过要问问这个穿戴入时的花店伙计会不会娶她为妻。这是今天获得的快乐，这快乐尤里很喜欢。

他兴奋地想：因为她什么也不懂，所以才能这样忠于人类的真正本能！丽莎的品性已经有些败坏了，但是没关系，她仍然非常可爱！

尤里在丽莎家再也没有碰见过赫霞，也忘了问她的事。又因为丽莎从来不主动提起，他就认定这个女裁缝已经，谢天谢地，从这世界上消失了。让他们永远消失吧！他也再没有见过科诺尔。大概赫霞又给他安排了差事……那就更好了。尤里为当时把他从人们的流言蜚语中拉出来而感到高兴。俗话说得好：只要孩子不哭，玩什么都好！

只有一件不愉快的事涌上尤里心头：那就是萨沙·列夫科维奇。少不了一些无聊的琐事。木拉实在是太靠不住了，萨沙又是那么忧心忡忡。有什么事将要爆发。也许可以吓唬一下木拉？不过他现在懒得去他们那儿。到时候再看吧。

在收到一叠装在密封包裹里的会议议程通知之后，尤里回想起这是"最新问题"社团寄过来的，明天就是大会的日子。他虽然没有答应莫尔索夫一定会去，但自己也想过去，忽然他很好奇：他们会在那儿做什么呢？

议程表都发出去了，能想到的人都发了。也许把丽塔妹妹从伯爵夫人眼皮底下拉出来不是个坏主意。一来小姑娘可以解解闷儿，二来可以听听那些"高论"。也用不着为她花精力，只要把她带过来再送回去就可以了。

尤里一到家就开始试图说服伯爵夫人，他的外婆。为了让老太太同意，他把一切说得特别巧妙。议程通知上写着："题定为陀思妥耶夫斯基'判决'座谈会。为了避免陀思妥耶夫斯基的名字吓坏伯爵夫人，他没有把议事日程给她看，只是让她相信，这是一个"学术的"社团，以"当代最优秀的精神思想"为基础，况且还是"不对外的"。丽塔因为太紧张，一声没吭：她不相信自己会被放出家门。结果，伯爵夫人甚至都没有用任何一个女食客为借口来套住她,就无条件地放她走了。显然,尤里赢得了她的信任。

"为明天做好准备,傻姑娘。"尤里在前厅对她说,"把头发绾起来,让自己像个成年人。其实你已经是个成年人了。这儿还有两张多余的议程表给你,若你愿意,就随便送给谁吧。"

面颊绯红的小女孩儿沉默地点了点头。她想明天把议程表交给米哈伊尔……如果他接受的话……如果……他能来的话。

"不过,见鬼,这个'判决'到底是什么!"尤里心想,"完全不记得了。大概是一种形而上学的瞎扯吧……"

这时丽塔仿佛猜到了他的心思一般,说道:

"尤卢里亚,我知道什么是'判决',这是'日记'里的一篇短文……关于自杀者的……我以前在你的办公室里借过,所以对陀思妥耶夫斯基的作品都很了解。作品很有趣,只是有些可怕。"

"你是说在'日记'里?"

"是的,我知道在哪儿。如果你想要的话,我可以拿给你?"

片刻之后她拿来了一卷年代久远的破破烂烂的书,把需要看的部分折了起来。

"记得吗?"

尤里看了一眼。

"我会带走的。现在我得赶紧回家,忘了怎么回事了。"

在瓦西里耶夫斯基岛上尤里得知了列夫科维奇来过的消息,

他还等了尤里一阵子，但后来就离开了。真是沮丧。不过有可能，又好转了。

晚上尤里有很多事要忙，但他还是抽空把忘得一干二净的陀思妥耶夫斯基的那几页书匆匆翻了一遍。从前几行里他就明白了莫尔索夫和他的那伙人应该会讲些什么——这让他更高兴了。"判决"并不复杂，这让他很喜欢；他要做的事情也很简单，很轻松……如果不能彻底推翻他们的言论，那就顺势推波助澜好了。

尤里有的时候完全不反对这些"高论"，因为这也是游戏，而且更有趣！这是唯一允许赤诚相待的真实；没有规则的游戏——才是真正的游戏。正是因此尤里才热爱生活，因为生活中有各种各样的游戏。

第二十章　鬼玩偶

人们纷纷到场。

大概，全都聚齐了——人山人海。几乎所有人都聚集在餐厅和隔壁的各个房间里，都还没进入大厅。大厅里匆匆忙忙占位子的只有老人，胖瘦都有，以及女士和新来的一些普通访客。

整个房间宽敞无比，显得有些愚蠢，不知能用来做什么。其实，这里有个图书馆，在后面，有些暗，但很凉爽。而这个"最新问题"社团搞活动的大厅是组织者们按自己的方式布置的，布置得非常奇怪：长桌从主席台搬下来放在房间中央，观众们坐的椅子围成圈，分成几排。这不是很方便，大厅长而狭窄，但莫尔索夫和他的助手们就决定这么干：他们厌恶"主席台"，甚至想彻底铲除"观众"；他们梦想的会议是每个人都能发言，能全程参与的大会。

这当然只是梦想，大多数与会者只是"观众"；虽不是普通观众，但终究只是观众。

尤里一踏进门就喜欢上这里的一切。

尤里把战战兢兢的丽塔安顿在大厅里坐下，大厅里分外刺眼的灯光让她更加窘迫，尤里穿过餐厅慢慢向远处挤出去。多么神奇的大会啊！是什么促使这些人同处一地呢？跟随潮流？无所事事？热衷"最新问题"社团？天真？玩耍？到底是什么呢？

尤里意识到，这些原因都有可能：既是兴趣使然也是百无聊赖，既是游戏也是空虚寂寞。

来了很多"文化"人。"世纪末诗人"——长得像阿普赫金的胖子拉耶夫斯基正在和不修边幅的"世纪初诗人"雷日科夫安静地交谈。冷淡客气的雅什文，在哪都是一个模样——无论在家里、去做客还是开会；任何时候都始终如一，无论是中饭、晚饭还是早上五点。他正缓缓地向胡子剃得光光的秃顶小说家格鲁哈廖夫做解说。这个格鲁哈廖夫想出了自己一套宗教理论并信奉它，但事实上，他没有缠着任何人宣扬自己的宗教，和别人争辩也总是漫不经心。

小教授雷亭在人群里似乎马上就要跑走，因为虽然他喜欢人群，但是希望和人群有些距离，最好他能从讲台面向大家。热情洋溢、皮肤黝黑的历史学家彼托姆斯基已经在和一排紧挨着坐在一起喝茶的记者们相互争论起来。

尤里穿过人群走向彼托姆斯基，因为对方能帮他找到莫尔索夫。向左望去,门边站着另一群人:所有的人都很庄重,有老有少,有穿着束腰细褶长外衣的,有蹬着大皮靴的。不远处,尤里在一件没塞进裤腰的蓝衬衫后面发现了牧师十字架的闪光。

尤里其实还没顾上仔细观察众人那些形形色色的脸庞;或许,它们比身上的衣着还要五花八门。一群类似高等女校学生的姑娘们在会场里来回穿梭,甚至还有一个妇女,不是"女士",而明显是一个妇女。她就站在墙边一动不动。

尤里快乐地想:这才是聚会!随心所欲!

紧挨着彼托姆斯基身旁,尤里碰到一位年轻且极具才华的诗人。诗人向他转过脸,这是一张面无表情的漂亮脸蛋。

"您好。"

"怎么,您也在这儿啊!"尤里惊讶道,"您可是个隐士啊。"

"没有啊。为什么这么说啊?我还在这儿看摘要呢……""真是怪事!"尤里又想了想,叫住了彼托姆斯基:

"谢尔盖·斯捷潘诺维奇!"

彼托姆斯基看到他很高兴,但表现得有些夸张(他生性如此),并提议去藏书室。

路上尤里还发现了人群中的许多熟悉面孔,这些人能来很出乎意料,似乎他们从来都不会来这里的。

"你们这儿总是有这么多人吗?"他问彼托姆斯基,他们从后面穿过人群去藏书室。

"是啊……这都是观众。不过观众当中有那么几个杰出的人。"

莫尔索夫站在阅览桌旁,不厌其详地向一个上了年纪的腼腆女士做解释。他身旁一个年轻的秘书迫不及待又踌躇不安:他觉得,大会应该开始了。

房间深处的壁炉旁有几位教授模样的人在那低声交谈。

莫尔索夫莫名其妙地一把抓住了尤里。

"您会发言吗?会吗?什么题目呢?您这回可看到我们的听众了!"

"我看到了,我不知道会不会发言。你们这儿什么人都有。该对谁'发言'呢?"

"都有吗?就应该对所有的人发言啊。本来就应当和所有的人交流呢!"

尤里笑了。

"您知道吗?您说得没错。"

然后他又暗自思忖:发言是完全不需要的,但如果是游戏的话,为什么不和大家一起交流交流呢?

秘书迫不及待地开始摇铃。藏书室满是人了。姑娘们一会儿跑向莫尔索夫,一会儿奔向雷亭,一会儿蹭到彼托姆斯基旁,交头接耳、窃窃私语。其中一个姑娘和尤里攀谈起来。几个工人正心平气和地说服一位教授模样黑头发的人。维亚切斯拉沃夫出现了,他小心翼翼、一步一跛地向前走去。尤里对他知之甚少,莫名不太喜欢这位知名的作家,而此时此刻,尤里正饶有兴味地端详着他那散发金色光泽、稀疏蓬松的头发下的面庞。

"如果他发言的话,有可能,会像莫尔索夫一样,谈谈'判决'这个话题。"尤里记得,莫尔索夫曾经自称是这位作家的拥趸。

人们从藏书室涌向大厅,靠近桌旁,在一排排椅子间穿梭。

大厅挤满了人。灯光和闷热的预感笼罩着尤里。桌子不大,几乎所有尤里的熟人都紧挨着坐在桌后。他更仔细地环顾四周。令他惊讶的是,那些他称之为文化人和"社会精英"的人穿过餐厅都聚集在后排,而近处围着桌子的,尤里看到的是一些老成持重穿长袍的人以及几位着偏领男衬衫、外套夹克的年轻人——他们明显是工人的装束。

"嘀,有特色的地方主义,"尤里想,"莫尔索夫在搞民主。"

尤里仔细看了看后排,找到了丽塔。她旁边是位女士,看不到脸,只看见额边深色的刘海儿,弯腰坐着。尤里没有看到科诺尔。再遇到谁他都不会惊讶了。恍惚觉得,所有人一定都在这儿,只是有些看见有些没看见而已。

"先生们,"莫尔索夫开场,"我们像往常一样没有主席,我们避免一切官场上的形式,我们不喜欢善于辞令的演说家,我们希望我们的座谈会不再是以前的模式。每个人都可以加入谈话,对他偶然想到的内容加以解释,我只负责监督最必要的秩序。我现在就用以下我对陀思妥耶夫斯基这段作品的理解开始我们的座谈。"

"看吧,你发言是因为你应该发言。"尤里心想。

尽管莫尔索夫的发言没有展现什么实质性的独特新观点,他的发言依然很精彩漂亮、有趣而充满智慧。内容有些冗长和复杂,但还是透着智慧。他在发言伊始说道,这封由唯物主义自杀者*因为无聊*[1]而臆想出来的信业已成为我们这个时代普遍病症的几乎所有真实自杀事件的基础。假如每个人都能或者可以向自己彻底解释清楚临死之前的心理状态,他都会留下这样一封信。每一位自杀者都认为"无法生活",因为没有什么事情值得自己"同意继续受苦"。实际上他想的是,为了什么呢? 大自然有什么权力,没经过他的允许,创造他这样一个痛苦生活的人? 人生是什么样子呢? 接下来:就算生活会改变,就算可以安身立命,按照理性的、科学上正确的社会基本原则构建自己的家园,而不是像在此之前那样生活。他还是会问:为了什么呢? 因为意识告诉他,明天这一切都将不复存在、化为乌有,包括所有"幸福的"生活和他本人。正是因为受到"明天一切将化为乌有"这样的威胁,所以无法生活。"正是这种感受,这种直接感受,我无法与之抗争。"

莫尔索夫细致入微、旗帜鲜明地宣传这种"直接感受"。他证明,当你有这种感受,实际上无法继续生活下去哪怕一秒钟,这

---

[1] 原文是斜体字。——译者注

感受其实渗透在每一个人心中——即便是这里在座的各位——他们或许都活不到明天早上。

"我知道,"莫尔索夫补充道,"很多人真诚地幻想,即便他们确定死后自己的个体将会完全消失殆尽,但无论如何也不会想要自杀。正是后面这一点证明,他们根本没有仔细地思考问题,没有非常清楚地看到自己所面临的'化为乌有的明天',而他们的'直接感受'和他们对'化为乌有'的认识是相互矛盾的。所以,我确信,个体的概念……"

"还要继续说啊,我建议过他不要夸夸其谈的,"无所事事的尤里心想,"看来他根本没有停止的打算。现在要讲到基督教了。"

但莫尔索夫刚一谈到基督教就岔开话题,完全跑到一边去了,开始说些更让人听不懂、更绕的话,然后就结束了发言。

任何人都没有做任何点评,况且也没有机会,因为莫尔索夫的话立刻被彼托姆斯基接了过去。他旋即开始谈起信仰、基督教,谈起个体不朽说以及人的洞察力,也说到了陀思妥耶夫斯基所犯的一些严重错误。他慷慨激昂,尤里甚至惊讶不已。若一直眼睛盯着他会有些困难,但听他说话却莫名地让人欢喜。尤里看见一些年迈的女士向前竖着两只干瘦的耳朵,全神贯注地听着这位黝黑的历史学家发言,而历史学家的夹鼻眼镜总是由于激动滑向一边。

他的发言莫名其妙地突然中断了,出人意料。

"他们这是在为谁演说呢?"尤里暗自冷笑,"如果是为了那些老成持重的阶级宗派主义者,那就是因为他们信这个,而如果是为了拉耶夫斯基、格鲁哈廖夫、斯塔西克和我的丽莎,他们指望什么呢?"

但是,尤里其实马上又意识到:"这不是专为了某个人。是为所有人……为自己。这本来就是一场游戏!"

彼托姆斯基结束发言后,邻近的几排人群开始骚动。一个年轻人清了清嗓子,他脸宽宽的,眉毛微微翘起。穿着蓝色衬衫,可能是个工人。

"您想说话?""非正式"主席礼貌地转向他。

那个年轻人又咳嗽了一声,没有一丝畏惧、断断续续地开始发言:

"我……关于您的发言想说点什么。为什么我们要这样立刻纠结着思考死亡,虚无和其他什么东西呢?……我们活着,很简单,那就意味着,自我保护的本能还在运作。假如,虚无已经被证实了,我是说假如……大自然的本能将会有所行动。那么,比如说,我将来会饥饿吗?而如果会饥饿的话,那我会开始寻找食物,那我将面临虚无还是真实……"

"啊哈,"彼托姆斯基抓住一点,突然大喊,"也就是说,您认为,已经被证实是存在虚无的吗?科学所达到的、所确定的就是一劳永逸的吗?科学是在哪儿确定的呢?"

莫尔索夫微微挥了挥手。

"劳驾，劳驾，这和问题无关……"

但彼托姆斯基已经和小伙子争执起来，两人各抒己见，完全不顾对方的言语。还有几个人也加入进来，形成一场混战。一位穿皮靴的年迈长者不时捋捋自己灰白的胡子，嗡嗡说道：

"不是的，这当然是正确的……人的灵魂怎么可能不永生呢？但是也不必自作聪明……宗教人士大概也弄错了……人们正在丧失信仰……"

"您在说，信仰……"一个姑娘在后面大喊了一声并探身朝向彼托姆斯基和莫尔索夫，"那么如果丢失了信仰，又该如何获得信仰呢？我经常在这里，听演讲，期待着；我以为，我会听到这方面的内容……"

莫尔索夫无所适从，他摇了摇铃。人群安静了一些。一位年轻人，或者说只是看上去年轻的一个人站起身来，他憨态可掬，眼神锐利。

"我是这么认为的，先生们，我们很难为所有人作决定，尽管我们聚在一起，公开谈论。当然，我认为现在任何人心中都有自己的神，或者说自己的真理，他为了真理而活，不会折磨自己，按自己的方式想好了，就这样生活。但是，像我们现在这样，在众人面前倾吐自己真理的时机还没到。还没到，还没到时候。有的人即便完全知道，也相信自己的真理适用于所有人，但说实话，他也不会公之于众的。没有人说得出普遍的真理,也没有地方可说,谁都不会彻底并且坦诚地说出来。这很好……"

"也就是说,您认为,"彼托姆斯基勃然大怒,"认为,认为我们……不真诚……"

眼神锐利的年轻人忧伤地望了他一眼。

"我不是说这个。"他叹了口气想继续说,但这时尤里声音洪亮、平静而愉快地打断了他:

"您说得不对。为什么谁都不会说呢?不是所有人都这样的,有人会说的。比如我,不论何时何地,如果有人问我,我会坦诚地告诉对方,我靠什么生活,我生活得怎么样。这就是我的真理,我还认为,它适用于所有人。我不去宣扬它,正是因为我非常确定它的普遍适用性。很多人现在就是以此为生,但可怜的是,自己却不知道这一点。要去了解,理解——这是非常重要的。之后,所有的人都会了解。一定会的。至于什么时候能了解,是不是快了——我并不关心,对我来说都无所谓。"

"您是在说谜语吗?说得含含糊糊的。"眼神锐利的年轻人拖长了声音,直盯着尤里那张帅气活泼的脸。

"请说说吧,说说吧!"莫尔索夫吆喝起来,打断了别人的话,忘了自己不是"正式"主席,宣布道:"先生们!请尤里·尼古拉耶维奇·德沃耶库洛夫发言!"

从自己的位置上尤里看不到坐在他后面的人,但他听到身后有椅子响动。眼神锐利的年轻人就坐在他前面，穿着长袍的老先生们离他也很近。而在他们身后突然闪烁着一对熟悉的蓝眼睛，但这是谁的眼睛——尤里没时间猜。一切都让人非常快乐和趣味横生。

"我不会离开我们的话题，"尤里开口，"这封自杀者的信能很好地帮我解答此时此刻对我的提问。我会说得简单点，我也不擅长长篇大论。实际上，陀思妥耶夫斯基笔下的自杀者是在解释自己的意识。他似乎达到了意识的至高点，因为他给自己提出了各种各样的问题。但我认为，他那完全不是意识的至高点，而是一种病态的曲线。或者，最多不过是些十字路口。他自己都是自相矛盾的。他说：'如果让我有意识地选择，那么我当然希望在我存在的那一刻是一个幸福的人，而在我消亡之后，整体意识以及整体意识的和谐都与我毫无干系。'这就是真理。有意识地希望在我存在的那一刻是幸福的——说实话，人类的全部真理就在于此，如果愿意的话，甚至可以说，人类的'救赎'就在于此。是有意识的愿望：这一点应该记住。无意识或是意识不强烈，都是愚蠢和无用的，大多数人（如果不是所有人的话）就是这样生活并永远这么生活着的。

"因为愿望不明确或是不善于着手行动，以及因此造成的永远的挫败感——人们一直在自己和他人编织的圈套里徘徊和受苦。终于，他们给自己想出些问题来，恶狠狠地说，无法生活，因为这些问题解决不了,而实际上,这些问题人们根本不需要,也完全不需要有任何回复。我并非草率地使用'需要'这个词,不是的,只是想说,它们与我们当中的任何一个人都毫无关系。'为了什么?'——有一位自杀者开口问道并接着说:'所有能回答我的人都说:是为了享乐。'他对这个答案并不满意。

"他说,我不是一头牛也不是一株鲜花,我是人,因为我'不断地向自己提问'有关生命的意义。我认为,仅凭吹牛和蔑视动物的这种态度,就足以说明他还不是一个圆满的人,而只是一个好出风头的人,他的意识,也可以说是半意识还在徘徊,还在臆想出一些问题并'不断问自己',尽管自己内心很清楚,他一个问题都无法解决。

"但是对于'为了什么'这个问题他似乎有个答案:'什么都不为。'太好了。我也会这么说:'什么都不为'这个答案是正确的(既然把问题和答案纠缠在一起);但如果我们不为什么而活,又为什么要死去呢?相反,这正是验证生命、促使我们活着的答案啊。

"'我将变得虚无。我不希望成为虚无。到那时,让一切都见鬼去吧。'您说说看,这是多么傲慢啊!几百个世纪以来,虚无的、一无是处的西多尔·西多罗维奇开始思考并决定:要么让我喝茶,要么让世界见鬼去吧。不,最高级的意识会让人首先变得更谦逊、更简单。基督徒称自己是恭顺的人。而在我看来,正是基督教制造出史上最厉害的傲慢，纵容每一个西多尔·西多罗维奇的恣意妄为，如果不能允诺他们永远有茶喝，他们就'不同意'世界的存在。再回到基督教，我现在要说的是，我们一定不要再提'为了什么？''为什么？''去哪里？'这样一些问题，和一切'寻找人生意义'的话题说再见。这是被偏见神圣化的假想。'寻找人生意义'——是受人尊敬的，而不寻找——就是可耻的。实际上，随着时间的推移，这一切都会水落石出、不言自明的。我已经明白了，其他人也会明白。我确信，没有什么人生的意义，我坚定地认为，我不需要人生的意义。还有：我知道，谁都不需要人生的意义，只是我意识到这一点，就把它说出来，并且像我说的这样生活，而其他人，甚至是那些按我的方式生活的人——他们都在沉默而已。"

"这观点过时了，过时了！"彼托姆斯基喊起来，"老早以前就知道的。实在是很空洞！您为什么还牵扯上基督教了？"

有人大概是怕被打断，迅速竭尽全力喊道：

"您说的不是那个！这怎么可能：希望成为一个幸福的人，这是什么意思？难道靠愿望就能成为一个幸福的人吗？没有意义的人生就会成为一个幸福的人吗？我不明白，您是在否定意识吗？"

尤里淡定从容地笑了笑。

"我怎么否定了？我可说了——要有意识地祝愿自己幸福，要有意识地、智慧地、谦卑地祝愿自己，趁我还活着的时候。理性而自由地关怀自己。对每个人而言，仅凭生活和关怀就已经足够了。"

眼神锐利的人情绪激动，想说些什么，但旁边一个比他年长的人打断了他：

"这是怎么个意思，意思是首先考虑自己吗？这话我们是听明白了。这是根据哪门子规则呢？如果每个人都开始这么论断，只有他一个人应当喝茶……"

先前的那个声音喘了口气，喊道：

"类似于'我可以为所欲为'这样的规则！陈词滥调了，用不着奇怪！"

"您有什么根据呢？"尤里愉快地接过话，"根本不是为所欲为！绝对不是的！我刚才就想亲自说说这一点。有意识而智慧地营造自己幸福的时候，*我不应该伤害别人*。[1] 这一点要时刻记住。顺便呢，为了不引起误会，我现在就要讲讲我对'伤害'是如何理解的。给别人带来伤害——是指己所不欲而施于人。比这个'己所不欲'更深入的内容——我不作评论。我通过不去觊觎他人利益的方式来回避因介入他人之欲而可能引发的巨大伤害。当然，如果我万一想做些损人利己的事，那就更糟糕。这是完全愚蠢的，这不是生活提供的选择，而是生活所给予的，也就是通常所说的'为生存而战'。"

1　原文是斜体字。——译者注

"请您说说看，"尤里突然转向老人，"您是认为这世上的茶水不多吗？如果我喝了，您就不够了吗？够了，只要理性和有节制地使用足够了。有节制，这也是人类的好品质，动物就没有。我不请求您为我获取茶水喝，我自己可以找到，而您也会为自己获得。如果我不再为您奔忙，您也不为我忙碌——实际上，我们会更容易获得。因为您不知道我喜欢什么样的茶。我也不打算伤害您。"

众生喧哗，人声鼎沸："对啊！""不是的，空谈吧！""如果利益冲突了怎么办？""可别这么说！""所有理论都是普通的利己主义，过时了，就像这个世界！"

莫尔索夫正欲摇铃，尤里却猛地提高嗓音：

"请不要妨碍我！我马上就讲完了。是的，的确，正常有意识的人不多，利益经常会发生冲突。人类的愚蠢经常会引发两种情况，或者是你做恶事，或者是他人对你做恶事。到那时，不管是否愿意都只能产生伤害；任何人任何时候都不会允许自己受伤害。但是，实际上，如果愿意，要想避开这些情况并不难。而相反的情形其实更常见：你去可怜某个人，尽管可怜是很自然的，但并不让人愉快，如果你不费吹灰之力就能帮助他，那既是一种享受，对别人也好。"

"还真是清闲安逸得很啊！"彼托姆斯基很不屑，"那么，依您看，也就是说没有恶了么？"

"恶是存在的。恶存在于人类之中，也存在于自然之中。但人类的力量足以打败恶。死亡是不可战胜的，但它并不是恶；恶是苦难——而苦难当然会随着时间的推移而消逝。人类中还有很多恶。因此这些恶对自己的伤害非常大。比如恶是各种'问题'，连爱也是一种恶。我把爱称作是对人比对己更强烈的，或者和'对自己一样'强烈的情感。它，这种不正常的情感——无论以何种形式呈现——永远都是毋庸置疑的恶，永远都会引发普遍的伤害。我还想补充一些关于基督教的想法。历史上的基督教是非常值得尊敬的，因为它渐渐排斥了'爱人如爱己'的说辞，而且很早开始秉持博爱，也就是说，不是爱特定的某个人，是慈悲为怀，实际就是恻隐之心。各位先生，我快讲完了，请原谅我的浅薄观点占用你们这么长时间。我很'坦诚地'描述了我生活的方式。我要为自己谋求幸福、满足、各种享受和消遣，竭尽全力减少对他人的伤害和妨碍。我祝愿每个人都能实现他自己所希望的一切，不过要让他自己去实现。当然，我唯一的准则（也就是尽最大可能不伤害他人）取代了一切古老而复杂的道德标准。我毫不讳言。我能随心所欲做很多在你们看来无法容忍的事。详细的内容我就不展开了，也没必要了。我不敢保证不出现悲惨的意外，但是能怎么办呢？因为我生活在意识欠缺的时代。但我按照自己的真理生活，不操心他人的事，不去寻求人生的意义，没有爱，没有特别的恐惧；我只是在寻找自己的幸福，而且实际上，我经常可以找到幸福！以上就是我要说的。先生们，我讲完了。"

他讲完了，所有人都默不作声。他们是感到无聊，还是赞同，抑或是怒而不言——实在不得而知。就这样大概过了有半分钟。有人鼓起掌来，尽管"掌声"在这儿是被禁止的。那位眼神锐利、满脸憨厚的人突然站起身，死死盯住尤里，抬起一根苍白的手指，在静默的众人面前，一字一顿地说道：

"你是个鬼玩偶——就是你，没错！让鬼和你玩去吧，我见都不想见到你——真可悲，呸！"

一切发生得太快了，当一脸茫然的莫尔索夫回过神来，怒气冲冲地摇铃时，眼神锐利的那个人已经走远了。他从坐着的这些人中间跌跌撞撞，很快消失在人群中。身着长袍的信徒们也从座位上站起身。整个大厅里人群骚动，个别地方还有嘿嘿笑声，不过，莫尔索夫的铃声淹没了一切。

莫尔索夫涨红了脸，十分尴尬，向尤里低声道歉：

"第一次出这样的事……我们完全不认识这个成员……很难认全所有人……但，当然……"

"请您别担心，"尤里打断他，"我一点都不觉得委屈。"

他的确一点也不觉得尴尬。仪表堂堂的高个子记者兹维亚金采夫从另一侧倾向尤里，他是个民主主义者，尽管外表看上去那么不可一世：

"我不是一个形而上学者，但我完全不明白，怎么能这样对待形而上学呢？您故意用这么通俗易懂的语言来讲述，结果却引起了狂热的反对……"

莫尔索夫停止摇铃。

"我想说两句……"第二排一位西装革履，衣领竖高的瘦削先生说道。

"我们想休息一会儿，"莫尔索夫说，"休息之后我们一起来反驳德沃耶库洛夫先生。但如果你要说的话不多……"

或许，这位先生搭配得体的衣领博得了莫尔索夫的好感。他希望这尴尬的气氛能得到缓解。

"我要说的话很短，"那个人回应道，并朝尤里眨了眨那双蓝色的眼睛，尤里这才认出这个人来，"能反驳什么呢？德沃耶库洛夫先生说得很真诚，天真得有些玩世不恭，但是他的这种玩世不恭也是真诚的。我只想说，所有这一切和任何人都没有关系，除了和他自己。他视自己为标杆，把自己的意识当作人类最高级的意识，这是很无辜的自我陶醉。无辜是因为，德沃耶库洛夫先生的盲目幸福并没有真正蛊惑到任何人。人的本性——首先是寻求自由，然后才是幸福。我们完全缺乏对自由的理解。当把自己从寻找人类理智和情感的一切极端中释放出来的同时，德沃耶库洛夫先生应该承认有意外的存在（他也的确承认了），也就是一些恣意妄为的情形，但一定要始终认识到这一点，永远承认这一点。如果这是合理的，那么就不应该与这种恣意妄为和时常发生的意外事件抗争，这没有意义，而只能在为获得自己的满足感殚精竭虑的同时，对这些意外随机应变。我把这种随机应变，这种追求称为最侮辱性的奴役。并且它很不切实际：最终，被你演化为永恒法则的意外事件应该会把你害死。德沃耶库洛夫先生把人生看作轮盘游戏，并且想赢得这场游戏。我祝愿他能成为常胜将军。但是不要忘了：最后的赢家永远是银行。其实，我再重复一遍，所有这些都和人类毫无干系，因为人类是有人性的，不会把人生视作赌盘。那么，是否有理由确信，对于我们当中的任何一个人来说，规则就是成为赌徒吗？有关'最新问题'的那个话题，我同意刚刚离开的那位点评人的意见，就是说，我同意他对德沃耶库洛夫先生的点评。如果我们当中的很多人都各有自己的问题、自己的答案和自己的真理，那对真理而言就没什么可谈论的，也没有地方讨论。"

莫尔索夫哗啦一声从椅子上站起来。

"先生们，我宣布现在中场休息！"

所有人都站起身来，轰轰隆隆一片嘈杂。莫尔索夫急忙走向藏书室。他满脸通红，激动不已。最后这番话好像也不太对路。听众们不是非常喜欢。尤里（这会儿显而易见）引起了人们更多的同情：他那么真诚又那么英俊。但是，莫尔索夫也正是因为尤里感到心神不宁。他希望能在中场休息的时候做一番调整；下半场可以让教授们发发言，可以问问维亚切斯拉沃夫、兹维亚金采夫，甚至可以问问格鲁哈廖夫。让他们讲讲形而上学，讲讲基督教，讲讲陀思妥耶夫斯基……虽然格鲁哈廖夫主张自己的宗教，他的那套受虐施虐自私说，但也没关系，他少言寡语又讲不清楚。之后莫尔索夫再做个总结……

藏书室里尤里顷刻间被人群包围，大家你推我搡，议论纷纷。他甚至没搞明白，大家想从他这儿得到什么，是对他表示同情还是希望他能解释解释。突然，越过两位激动得汗流浃背的姑娘的脑袋，他看到一位侍者在对他打手势。

尤里轻而易举地溜出了人群。

"那里……在门房……有位军官先生找您。"

"找我吗？"

"是的，先生。找大学生德沃耶库洛夫。"

尤里绕远从走廊奔向门房。不知为什么，他立刻想到来的应该是萨沙·列夫科维奇；瞬间心神不宁，郁郁寡欢。

靠墙在镜子后面站着一位军官，穿着大衣、戴着制帽。他的脸色很奇怪，有些暗，噘着嘴，尤里竟没能立刻认出他来。

"萨沙，是你吗？"

"回家吧。回瓦西里耶夫斯基岛。我也……去你那儿。"

"萨沙，你把大衣脱了吧，先上来。一会儿如果你想走，咱们就走。"

"不，我已经进去……待过一会儿了。我全看你。我们去你那儿吧，去瓦西里耶夫斯基岛。"

尤里眉头紧皱，想了想。显而易见，应该走了。列夫科维奇声音低沉、平稳，眼睛朝下看，一动不动。应该走了。况且，这一晚惹的麻烦事已经让尤里感到厌烦了。但是，他忽然又想起一件事：

"我不能走啊，萨沙，我要送妹妹回家。我妹妹丽塔在这儿呢。"

"我在大厅里看到她了，和你的法国女人在一起。你给她雇了个法国女人？"

列夫科维奇咧着嘴尖声哈哈大笑，但瞬间又收住了笑容。尤里一头雾水；这莫名其妙的哈哈大笑让他厌恶至极。

"现在就送她回去，然后回自己家吧。我在你那儿，瓦西里耶夫斯基岛，等你。回来吧！"列夫科维奇又尖着嗓子礼貌地结束了对话。

然后，他猛地笨拙地向旁边一转身，走出门房间。

尤里耸了耸肩，内心五味杂陈。但是却必须采取行动了。他万般无奈地穿过整个人群寻找丽塔。在宽敞的门房里人们在默默地穿戴堆积如山的各色大衣和披肩。尤里疾步走向他们中的一个，就是那个衣领高耸，刚刚反驳他的人。

"请听我说，"他压低声音，漫不经心得像是在对一个不太熟悉的人说话："能不能麻烦您……转告我的妹妹，说我们该走了，我在楼下等她。必须走了。"然后又悄悄嘀咕了一句：

"你怎么在这儿呢？怎么说，还没玩够吗？"

衣领高耸的先生什么都没说，但他手里拿着帽子，飞快地往楼梯上走。另一个人，已经穿戴完毕，从尤里身边挤到门口，微微一笑，也悄悄地说了一句：

"您这不是非常关心……别人的欢乐酒宴吗？那您还夸口说，您只关心自己？"

雅科夫那张枯瘦的面孔和他的满口青牙在尤里面前一闪而过。

压抑，烦闷。丽塔没有来。尤里走上几级台阶往虚掩的门里看了看，屋里嗡嗡嘤嘤、烟雾缭绕。突然，"一团混乱"的画面涌现在他眼前，他看见了傲慢的民主主义者兹维亚金采夫，他认识的那位干瘦的高等女子讲习班学员，还有双颊瘦削的教授，他们中间是一位可爱的老兄，他正严肃认真地听着兹维亚金采夫的讲解。稍远一点的地方，是模样酷似阿普赫金的诗人拉耶夫斯基，他也正一本正经地和一位同自己差不多胖的商人交谈。

"唉，他们这些人啊。"尤里忧心忡忡，转身又下楼了。

丽塔在楼上平台现了身。她正在和厅里坐在她身边的黑发女士匆匆告别。

尤里认出了娜塔莎。猛然想起了列夫科维奇说的"法国女人"那句奇怪的话，他非常生气。

"不，真见鬼，他们怎么这么不小心！全都疯了吗？如果萨沙就坐在旁边怎么办呢？那我就得向周围一圈人撒谎！"

"你想走了？"丽塔干巴巴地问。

他没有注意她脸上奇怪而严肃的表情。没错，他很着急，他应该立刻送她回家。

在招呼伯爵夫人马车的时候，要在人行道上等一两分钟。没有下雨，但比下雨的情况更糟：泛白的黑夜里弥漫着浓重可恶的雾气，夜色愈发沉重，就像潮湿的绒毛褥子。

一位身着半长大衣的人从容地从旁边经过，在雾色中消失，然后又折了回来。尤里认出了那双锐利的眼睛。这就是那个骂他鬼玩偶的人。他在这儿守卫什么呢？他也不像是干这行的人呢……

尤里坐进马车以后，看见了走出来的米哈伊尔。这时，那位眼神锐利的人立刻跑到他面前，说了一番话。米哈伊尔一动不动站了一会儿，没有任何回应。他高高竖起的衣领泛白，考究的大衣敞开着。眼神锐利的人语气平缓，继续说着。然后，他们忽然一起离开了，瞬间消失在蜘蛛网般的雾色中。

"我的鬼玩偶想不想认识一下志同道合的人呢？"尤里心不在焉地想，"算了，他们太能喝太能闹了！去他们的吧！顾不上他们了！"

尤里的确也顾不上他们。惶惶不安的心绪让他苦不堪言，希望能尽快到家。他在考虑列夫科维奇的事，设想着，怎么对待他更合适。但在一无所知的情况下很难设想出什么对策。

丽塔像死人一样默不作声。尤里几乎忘了她的存在。马蹄的嘚嘚声在乡间的桥面上回荡。

"尤里!"

"你怎么了?"尤里像是从梦中惊醒,半吃惊地叫出声来。

丽塔的声音诡异地从黑暗中传出,像成年人一样严肃。

"尤里,你不应该那么发言。我一直爱着你,尤里,现在也是,但如果你事实上是这样的一个人……那我不是你的妹妹,就是这样!"

"那又怎样?"尤里心不在焉地嘿嘿直笑。

"没什么可笑的,我是认真的。米哈伊尔在你发言之后说这有多么可耻,我是高兴的。还有那个,第一个发言的人,也是对的。我承认,他有点粗鲁,但是他说的是对的,是对的!怎么可能是这样呢?我的老天!况且你还是当着大家的面!"

"你这是怎么了?妹妹,疯了吗?"尤里真是震惊,"你知道得很多。别说话,再好好想想。"

但丽塔已经停不下来了。她情绪激动地继续自说自话,非常执着,尤里竟不知不觉地听了进去。

"娜塔莎,她可真是让我大吃一惊!"丽塔说,"她莫名其妙地赞同你的说法,说你的很多内容都是正确的。你!她要说服我,说你有自己的智慧。她怎么能这样啊?"

"你最好不要把别人扯进一些不必要的蠢事里,"哥哥严肃地打断她,"这不是你通知他们的吗?是你吧?你知道么,萨沙·列夫科维奇也在大厅里呢?假设他听到,你的娜塔莎在噼里啪啦地讲俄语该怎么办啊?你什么都不懂,你是在做蠢事,大丑事,所以说,还是停止你的说教吧。那些人也真是不赖,总和一个丫头片子混在一起!好吧,请你原谅我的措辞,甭理睬;只是,行行好吧,现在让我安静一会儿。我还有很重要的事,实在是没时间再扯这些闲篇儿。"

马车驶到伯爵夫人家的大门口。在没有灯光的茫茫烟雾中,丽塔的脸因为委屈、愤怒和突如其来的惊吓而愈显苍老。她本想拦住尤里再说些什么,说些最应该说的话,但没说出口,好像舌头僵住了一样。

她踩着地毯上了楼,而尤里则离开了。他急匆匆地,还是驾驶着伯爵夫人的那辆马车。

第二十一章　枪声事件

匆忙之中，屋里的灯草草点上了，散发出难闻的味道。列夫科维奇和往常一样，穿着大衣，戴着制帽，在桌边缩成一团，匆匆地写着。写完了，折好，塞进信封，不过荒唐的是，信纸塞不进去。列夫科维奇撇了撇嘴，把纸揉成团，斜过来，但还是没能把它塞进去。

"你不想等我了吗，萨沙？"尤里出现在门口，"你这是写给我的吧？还早呢，才十一点刚过。"

列夫科维奇站起身来。

"是啊！我还以为你不会过来了。"

"干吗不来啊？来吧，把外套脱了，我们来聊聊。"

"聊聊？脱衣服？不了，我哪有心思聊天。当然是和我自己，也包括和你们。"

"怎么，你疯了不成？"尤里大叫一声，盯着朋友僵化的脸，

"怎么回事啊?"

列夫科维奇把手伸向前,开了一枪。尤里下意识地跳到左边靠近门的位置,推倒了椅子,自己差点摔倒。白色烟团变成了灰色,弥漫到整个房间。屋里的灯形成一个黄色的光点。窗户化作淡紫色的四边形,若隐若现。

列夫科维奇把左轮长手枪的枪口对准了自己,又开了一枪。尤里已经在边上了,他抓住了他的手,却来不及狠狠地推开他。这一发枪声更加低沉,又是一团白烟,屋里烟更浓了。烟雾中军官歪斜着重重倒下,身侧撞在桌角上,被架子磕了一下,最后撞倒在地板上。

"萨沙,萨沙……萨沙!"

烟雾熏得睁不开眼。尤里摸索着俯下身,摸寻着萨沙的脸和可能的伤口。

人们穿过没锁的房门跑了进来,断断续续地边问边喊,浓烟稍稍向上升腾,蔓延进了走廊。

"请去叫医生……希什科夫斯基……就在平台上,"尤里说,"我的堂兄弄伤了自己……无意中……"

列夫科维奇还活着。他怪异地抽搐着,张口说着话,却只发出嘶哑的声音,听不明白内容。

大约过了五分钟,医生来了。这位红发医生大腹便便,一副热心肠。列夫科维奇已经被抬到了沙发上。尤里猜测伤口应该在左肩,因为那里的制服发出一股烧焦的味道,还冒着烟。

时间刻不容缓。尤里同意医生的意见,认为最好还是把伤者搬到斜对面的私人诊所去,那里可以得到最及时的帮助。

半个小时之后,在诊所昏暗的接待室里,尤里已经在聆听另外一位犹太外科医生的诊断了,这位医生非常认真和仔细。子弹还没被取出,伤口很折磨人,但不致命,差点儿就伤着肺了。病人几乎一直都很清醒,抱怨着自己干的蠢事(还是不当心?),还说到了妻子。

"她能来看看他吗?"尤里问。

"最好不是现在……我们随便跟他说点理由……"

"会找到理由的。不过她还是会来,得给她先打个预防针。"

尤里还花了近一个小时在家里忙着应对各种各样的闲言碎语。似乎没多少人相信军官会失手伤了自己,不过这关谁什么事呢?尤里把军官的手枪交给了警官。

而那张半塞进信封里的便条,他早在一片混乱之时就藏了起来。在接待室他匆匆瞄了一眼,大致明白了缘由。至少,明白了要怎么做。

呛人的白烟、喋喋不休的闲话直教人头痛,对这个可怜蠢人的同情和气恼,让人感到恶心。明天再帮他可就晚了。这种傻瓜的麻烦事不是总能回避得了,这真是生活里最让人厌恶的事。

尤里不再去徒劳地推测,如果列夫科维奇当时朝他开枪时没有打偏会怎样。在这种糊涂状态下打偏也是很自然的事,况且事情都已经过去了。

尤里打电话到列夫科维奇家的时候已经是晚上十二点多了。

木拉穿着宽大的上衣,整个人有些凌乱地躺在大沙发上,嘴里嚼着水果糖。

"哎呀,亲爱的尤里,"她看到停在门口的尤里,冲他大喊,"我以为这么晚会是谁呢?嗨,我一点儿也不惊讶,任性的家伙!萨沙不在,到我这儿来……您怎么了?"她仔细端详他的脸,微微欠起了身。

公寓里一片寂静。尤里紧紧锁上门,走上前,拽住木拉的手腕,猛然一扯,木拉立刻从沙发上弹飞起来。

"你起来干吗?要干吗?你呀你,你这个臭婆娘、又疯又蠢的女人!"

"尤里……尤里……"

他一把抓住她的辫子,把她在毯子上拖来拖去。

"还敢撒谎吗?卑劣地撒谎,害人害己……不,你在我这儿把这些鬼把戏都忘了……都忘了吧……"

他屏住力气,板着脸一个劲地打,就像男人"教训"妻子那样。她浑身颤抖,轻声尖叫,却没有挣脱。

"尤里……可爱的……尤里……我向你发誓……疼,尤拉……"

"我什么时候教唆你跟你的列昂金娜了？什么时候？有这回事吗？有吗？在我知道你们，一个小姐，一个家庭教师，两个都不是什么好货色后，我不是连她也甩了吗？我什么时候碰过你一根手指，啊？为什么要对他撒谎？他错就错在喜欢你这么一个破烂货！为什么？回答我！"

木拉在地毯上抽搐着、颤抖着，粉色上衣皱皱巴巴，弄得一团乱。她哽咽着，双臂回抱，像个犯了错的老太婆，边呜咽边说道：

"尤里……我不是故意的……他不理解我……我跟他说过，我不爱他……也不会和他过了……可他……"

"什——么？"尤里大喊，又抓住她的手臂把她按在地毯上，"你说什么？不会和他过了？你不爱他？"

他内心里没有一丝愤恨。只是有一点沮丧，但也没那么强烈，而且很快就没了，有些好笑。但仿佛记得，事情还没结束。

"你怎么敢说你要抛弃他？谁允许的？你知道为此我和你要做什么吗？知道吗？"

凭良心说，尤里自己也不知道他还能做什么。不过这并不碍事。

"我不会的，尤里……我不会的……原谅我……我自己也不知道怎么会有这种念头。尤里，别生气！"

他皱着眉在房间里走来走去，黑着脸严厉地看着木拉，她仍待在地毯上不敢起身，眼神紧跟着尤里。

"你，亲爱的，要记住……我在哪儿都能找到你……如果让我再看到萨沙一脸愁容的话！你要和他一起过，也会成为他需要的那种妻子。你爱不爱——我不想知道，我只要你做到一点：他永远都不会怀疑你爱他……明白了吗？"

"知道了……尤里……"

"好吧，过来吧。"

他坐到矮沙发上，把木拉稍微扶起，让她坐在身旁。她依偎着他，又开始低声啜泣。

"别哭，你好好听着。你是个大笨蛋，但还没笨到听不懂我在跟你说正事。我不是跟你开玩笑，你可以试试看。"

她没作答，只是在那儿不停地抽噎着，像孩子刚哭过一样。

"我会保全萨沙，但要是你再犯糊涂的话，"他继续说，"到那时，对不起，我不会可怜你了。你是自寻死路。和我有关的你还胡说八道了什么？你在没必要的时候就喜欢撒谎。"

木拉怯怯地开口：

"尤里……没错，我自己也不知道怎么会变成这样。一点一点就……我跟他说，我从来没爱过他，就这样……他骂我是荡妇、骗子，还提到了你的什么事，说你无视我……我很生气，就说：我现在怎样以后也怎样……为了气他，我就故意说：不是我自己把我变成这样的，去问问你的尤里吧，我们当年在皇村的时候他为我做了什么、给我们拿来什么书,再去问问我的家庭教师列昂金娜,他和她处得相当不错,顺便都已经……尤里,亲爱的尤里,原谅我。我会和他说,这都不是真的,我会说的,我发誓!"

"你觉得,对你这个破烂货用得着客气吗!"尤里咬牙切齿,再一次推开了木拉,"列昂金娜跟你有了这些丑恶勾当之后也让我觉得恶心……"

"我错了,我错了……你是个好人,尤里,大好人,我永远都只对你一个人……"

她心惊胆战地说个不停。尤里嫌恶地耸耸肩。

"行了,现在没时间了,我来这儿不是为了这些鸡毛蒜皮的事……你想过听了你的鬼话后萨沙会做什么吗?做这种蠢事……比如突然开枪自杀?到时候你怎么办?你会像条蠕虫一样死掉……"

为什么她应该像条蠕虫一样死掉——不得而知。但尤里说这话时那不容置疑的口气,让木拉片刻间如坠冰窟。

"不……不会的……别说了……"

"什么都别说。你早该想到的。而现在,大妈,你听好:萨沙现在在医院里躺着呢,他在我家朝自己开了枪,而且如果我没推开他手的话,也许当即就死了。"

木拉哎哟了一声,本想歇斯底里地狂笑和哭喊一番——但实在是被吓坏了,加上之前也哭得太多了。

"走吧,穿好衣服,去看看他。他还在找你。如果不让进,就在那里坐到早上好了。只要一让进,你就马上跟他好好解释清楚。没关系,开心不会让伤口恶化的。但要记住,你没见过我,我什么也没跟你说过,你是从医院那儿知道……他'不小心'失手的。"

木拉已经跪在地上,聚精会神地听着,不住地点头。

"是的,我明白。我明白的,你别担心。我马上就好。不小心吗?行……我装作是我自己猜到的……哎呦,尤里,喔唷,尤里……"

她跑开了,边跑边理好头发,尤里不准备和她说,列夫科维奇一开始是朝他开的枪。不想说,说了还可能让事情变得更糟。木拉或许开始觉得自己有点价值了,也或许是可怜他,而这些都是多余的:和她没什么好争辩的,只需要让她感到恐惧。只要吓吓她,让她一直有恐惧感,那么她再耍滑头也会有分寸了。

他没有自己带她去医院。他叫来马车夫,告诉他地址,又很郑重严肃地提醒了她一遍:

"别没见着就跑了!明白吗?明天我就会一清二楚的。"

惊魂未定的木拉慌慌张张上了路,竟也没问一问伤口的情况以及事情的来龙去脉。但尤里并不担心了:一切都会顺利渡过的。

他好累!四肢又酸又痛。睡觉,睡觉!去哪儿睡呢?瓦西里耶夫斯基岛的公寓想必还是一团糟……去丽莎那儿最好静悄悄的,而且立刻就锁上门,别让她溜进去。

雾凇还挂在树上,只是全都泛了白。透过它们,房屋看上去都仿佛生了病,胀鼓鼓的。

睡觉!睡觉!

第二十二章　屋顶上的马蹄声

"我周五就没见过他了，不知道。"娜塔莎站在简陋的别墅台阶上，怒气冲冲。她用淡红褐色的头巾把头裹得严严实实的，因为天气冷得像是秋天，下着雨。

来了一些不速之客：又是雅科夫、赫霞，还有其他两个人——娜塔莎之前认识他们，但很久没见了：身材高大的有点驼背的年轻人叫尤斯，个子矮小的上了年纪的叫波塔普·波塔波维奇。

"您没见过他，您不知道？"雅科夫穷追不舍，"真是奇了怪了。需要他的时候他就这么奇怪又冒失地消失了。"

娜塔莎气愤地看了他一眼。

"那你们这一大群人跑来找我就不冒失了吗？请问，你们有何贵干呢？"

"哦，对不起，"尤斯声音低沉，"我也犹豫着要不要这么干呢,都怪雅科夫。他说你们这有块墓地,狗也全都是死狗。说在您这儿能找到舒林。"

米哈伊尔经常被人叫作"舒林"。

"既然你们来了,那就进屋吧。"娜塔莎转身说道,"别被雨淋坏了。我叫主人去摆上茶炊。"

客人们跟着她进屋了。

"好吧,"雅科夫急忙进屋,脱下湿漉漉的雨衣抖了抖,"我就知道会这样,我还带了两瓶酒,这儿实在太偏远了。"

低矮宽敞的农舍房间有些暗,但收拾得很干净。娜塔莎鄙夷地瞥了瞥雅科夫手中的白兰地,出门找自己的执事[1]之妻去了。

客人们在铺着粉红色桌布的桌边分散坐开。赫霞坐得有些远,一直默不作声。

"假如这个……那个……他在伯爵夫人家给人上课的话……那么伯爵夫人的外孙应该知道……路程很近……"尤斯慢条斯理。

雅科夫心潮澎湃。

"什么?什么?什么课?谁说了上课?赫霞,是您说的……"

赫霞耸了耸肩。

"这关我什么事呀?我什么都不知道……"

"哦,有可能,是我搞错了。"尤斯让步,"我是个外来人。我

---

[1] 执事是用于宗教方面的一种职位称呼。简单来说,指教会的仆人或诵经员,做诵经、打钟等事。——译者注

来这儿是要找舒林。他若不在，我们坐在这儿不是白白浪费时间吗？要么这样，要么那样。"

娜塔莎回来了，在昏暗的窗边桌旁坐了下来，她用手支着头，冷冰冰地看着客人。

"我很久没见您了，妹妹。"波塔普·波塔波维奇对她说。

"您还咳嗽吗？"

"是啊，一直咳嗽。现在还因为天气潮湿又感冒了。喝杯茶就好多了。"

"配上罗姆酒！"雅科夫肆无忌惮地接过话头，"我兜里还带着开塞器呢。"

喝茶的时候波塔普·波塔波维奇又开始和娜塔莎说话。娜塔莎断断续续地回应着，之后她突然对所有人说：

"我什么都不知道，希望今后也什么都不知道。米哈伊尔什么都没和我说，我就是以妹妹的身份和他见过面，别无其他了。我想一周之后离开这里。"

波塔普·波塔波维奇讶异地叹了口气又开始咳嗽。

"离开这里？"雅科夫嘻嘻直笑。

"对，彻底离开这里。"

"噢，妹妹，怎么能这样！"尤斯惊讶地拖长声音，"已经正式决定了吗？这可是新鲜事啊。"

雅科夫也插了进来。

"这要看是对谁来说了。娜塔莉亚·菲利波夫娜早就告诉我们她有……别的任务了。舒林知道的。"

"没有，哪有什么'别的任务'……"娜塔莎克制着自己的情绪，"我只是觉得很烦恼、很痛苦，觉得自己一无是处……彻底的一无是处。我想一个人在某个地方待一待，整理整理思绪，为自己做点什么……"

波塔普·波塔波维奇还是叹了口气，而雅科夫又笑了起来。

"对啊，对啊，我们所有人都是时候整理一下自己的思绪了，每个人都应该开始关心自己了！这种新的生活宝典我们大家，我们每个人也都听到了！况且，即便没有这样的宝典也该这么做！可做的事多着呢：有人选择科学，有人想为艺术献身……那么您呢，娜塔莉亚·菲利波夫娜，您想在独居的时候画陶瓷花吗？"

"雅科夫！滚！"娜塔莎从椅子上站起身，大叫一声，"您怎么敢这样和我说话？"

所有人顷刻间全站了起来。尤斯向雅科夫挥挥手。

"喂，喂，这到底是怎么了？妹妹，这样可不应该啊！别往心里去，先生们！"

雅科夫本人已经开始害怕了，脸色发白，嘟嘟囔囔地道歉。

娜塔莎摆摆手坐了下来。波塔普·波塔波维奇一边咳嗽，一边说着和解的话。气氛稍稍缓和些。来客们欢天喜地。也不是真的有多欢喜，而是比之前话多了，雅科夫的态度更加随意，尽管他再也不直接针对娜塔莎了。

"妹妹,您去年夏天见过彼佳吗?"波塔普·波塔波维奇问道。

"是的,我见过,偶然碰到的,时间不长。"

"我也是快秋天的时候见过他,"尤斯说,"妹妹,您这墙壁没什么问题吧?"

"主人耳聋,听不见的。干活的也没在家。"

"我见过他。"尤斯重复道,"还凑合吧,马马虎虎。他反正也没有什么退路,他都明白,自己也没什么要求了。不管人们信不信他,都是明摆着的事。"

"明摆的事!"波塔普·波塔波维奇接过话,"他的消息一传出来,我就搞清楚状况了,尽管到现在也没听到什么更详细的说法,可我是知道的。他到头了,既然有这样的想法,也只能如此了。他变质了。"

"荒唐的想法,"娜塔莎说,裹了裹头巾。她知道彼佳是波塔普·波塔波维奇的弟弟,他几乎没怎么教育过这个弟弟。彼佳的命运在这个秋天就决定了,而且很恐怖。然而,波塔普·波塔波维奇和其他人,还有娜塔莎自己在聊起彼佳的时候都很平静、习以为常,丝毫没什么兴致。波塔普·波塔波维奇很久没见过他了,具体情况都是大家这么传的。

"想法不荒唐。"尤斯说,"能理解。他在牢里待过一阵儿,突然听闻我们的阿泽夫[1]惨剧，惊呆了。狱外有多少人受了巨大打击。他马上意识到，一切共同事业都已经到头了，每个人都应该为自己有所考虑了。一旦充分发挥想象，所有的障碍就都不存在了。一个人若是那样能干出这么多事来，那么反过来也是可以的。那个人能因为一些下三滥的事欺骗好人，那我，他说，也会为了一些善事欺骗那些下三滥的人。"

"不能这样！不可能！"一直没说话的赫霞有些激动。

波塔普·波塔波维奇满意地点点头。

"是的，是的，我就是这么理解他的。他很年轻，还有些神经质。不是所有人都能做得来的。那个老奶奶，也在牢里，听说了伊万·尼古拉耶维奇[2]的事。她一直听完，沉默了一会儿，想了想，唾了一口唾沫：呸！仅此而已。她还和以前一样，什么也没变。他说什么？"他说着转向尤斯，"彼佳当时说了什么？"

"就说的这个。他知道他变质了，也没有什么退路。什么也没有。他讲了，他是如何艰难地挺过来的。他两次从监狱传讯到暗探局，又被退回监狱。后来，他出狱以后，又写了一封信，他们让步了，相信了。狱外写的——也就是说，是真的。而且还……"

---

1 阿泽夫（Азеф）是俄国社会革命党首领，1901—1908年向警察部门出卖党内许多成员和"战斗组织"，他是俄国历史上有名的双面间谍，他一方面帮助革命党消灭了沙皇手下的很多重要人物；同时，他又帮助沙皇成功地躲过了革命党制造的多次恐怖袭击。——译者注

2 伊万·尼古拉耶维奇（Иван Николаевич）是阿泽夫在党内的假名或曰代号。——译者注

"什么?"波塔普·波塔波维奇问道。

"费了些周折,他撞上了一个聪明的当地人。他让他又这样又那样……彼佳一直提防着。最终,那个人抓住他的肩膀,把他推到镜子跟前——在他办公室里有面很大的镜子——低声说:'看啊,您讲得很好,但您的眼睛却在撒谎。好吧,就这么着吧!'他抛下彼佳走到门帘后面。彼佳也不傻——他靠近门帘往里面瞄了一眼,发现那里——有两个人……是谁呢!"

尤斯侧身靠近波塔普·波塔波维奇,贴着他的耳朵小声嘀咕。

"不是吧?"波塔普·波塔波维奇吃惊地说。

"千真万确。伊万·尼古拉耶维奇和……老大。彼佳完全肯定。"

波塔普·波塔波维奇叹了口气,笑了。

"怎么样吧,一切都有可能。那又能怎么办?"

"是的,只能这样,终究是接受了。但是,聪明人就是聪明人,狡猾得很。他当时没去维波尔茨基,到彼佳那儿做客,所以安然无恙。"

屋子里阴郁昏暗,气氛凝滞。茶炊熄灭了。一瓶酒已经喝完了,早就开了另一瓶。雅科夫在一旁和尤斯说着话,好像打算离开了。赫霞悄悄地离开角落,靠波塔普·波塔波维奇和娜塔莎坐得更近些。大概,这些她不大了解的彼佳的情况让她有一些不安的念头。但是她不想把它说出来,也许是不想说,也或许是不知道该怎么说。

茶、白兰地、即将离开而转瞬变身局外人的严肃的娜塔莎,以及对彼佳的回忆让波塔普·波塔波维奇非常感动。他想聊些日常的、非公事的话题,回忆回忆自己的事,哪怕还是聊那个彼佳,但重要的是,聊天本身毫无意义,只是为了聊天而聊天。这位执事妻子的房屋——是栋别墅,他来这个可爱的小姐家做客,这个小姐已经不是"同志",不是"妹妹",只是一位可爱的陌生姑娘。波塔普·波塔波维奇还什么时候"做过客"呢?他不记得了……能有些其他话题聊聊自然是更好,但他想说说彼佳,况且他也不知道什么"其他话题"。

"在彼佳的人生里发生过很多奇怪的事,"他说,"如果要写出来——有人可能会说是杜撰的。还记得第一次……你们知道,工人格利沙的事吗?"

"不知道,"赫霞回应,"我基本不大知道彼佳的事。"

娜塔莎问道:

"他一开始是在扎沃尔日耶当老师吗?"

"对,对。怎么!您听说过?"

"我们就是从伏尔加河来的,"娜塔莎平静地、温暖地说,"是的,我们其实很久没去过那儿了……那地方和以前也不一样了……我也是侧面听说的……"

"是在他当老师之后发生的。彼佳不久之前告诉我——几乎是当时我们和他见面的最后一次！——他说，我在房间里溜达，而格利沙，那个工人，在钵里捣着什么……捣来捣去、磨来磨去。是晚上发生的事。我就琢磨啊：他干吗这样捣来捣去的？他可要小心一点。我想去告诉他。我刚想着呢——突然一切都消失了，格利沙、钵，连我自己都不见了，就像我没有存在过一样。但是过了一阵子，我感觉，我又出现了；周围一片昏暗，但还是能模模糊糊看清（夜色明朗，还有雪）。我躺在地板上，像是快死了。不远的地方我看到了格利沙的脸。他也躺着，但他那张脸，很显然，表示快要死了。格利沙静静地望着我，喃喃地说：原谅我，我是个间谍……然后就死了。我又躺了一会儿就开始往外爬。"

"他受了什么伤？"娜塔莎问。

"腿和肚子都受了伤。他后来也恢复得不太好，一直病着。"

"那他怎么爬呢？"

"用手臂撑着爬。两腿跟瘫了一样，拖在身后。重要的是要从楼梯上爬下来，从二楼。他说，他几乎靠着楼梯的横梁一直在休息。他休息的时候，是没有意识的。"

"就这么爬出去了？离开了？"

"他向外爬，要爬过院子，最后爬到后院，在雪地上爬。突然他听到一声巨响（后来才知道，大家一直没弄明白是哪里爆炸了）——一个老婆子和他跑了个迎面。她跑得上气不接下气，看到他就开始喊：'在这儿，在这儿，快来啊，就是他，就是他！'

彼佳说——他当时心里有苦说不出,他看看她,只说了一句:'你可是个女人啊!'她似乎明白了,马上闭上嘴,突然小声对他说:'来来,往这儿爬,爬到边上来……'并指指旁边的棚子。她自己当作什么都没发生,继续向前跑。他爬过棚子,挨着栅栏,爬进一个胡同里。还要继续。有个水沟很深。他爬不过去,那双瘫了的腿很影响他。十字路口有三个庄稼汉站在那,看着他,啥也没干。其中一个说:'他能爬过去的。'另一个说:'不,他会死的。'第三个说:'反正上级会抓住他的。'他走上前,把彼佳脚上的一只靴子脱下来扔进沟里。彼佳在水沟里毫无意识地躺了不知多久,醒过来后,挣扎着从水沟里出来,继续往前爬。大概是快到凌晨时候的事儿吧。他看见,一个空跑的马车车夫正拉着车,一步一步向前走,一直盯着他呢。彼佳苦苦哀求:'亲爱的,你带上我吧,把我拉到那儿就行!'马车夫看着他身后雪地上的血迹,摇摇头说:'不行,'他说,'你会把雪橇搞坏的。''我身上有五十卢布,给你二十五卢,拉拉我吧。'马车夫想了想,从马车座上下来,拿了钱说道:'好吧,就照你说的办,上来吧。'"

"难道把他拉到要去的地方了吗?"赫霞半信半疑。

波塔普·波塔波维奇摆了摆手,笑了:

"拉到了!他拉到了!彼佳一爬上雪橇就又失去了意识,大概又昏迷了很久。醒来的时候——马车夫站在一旁,天色大亮,周围全是人,叽叽喳喳,一群庄稼汉们在雪橇旁挤成一堆,在彼佳的头顶上,有一个人,身上的纽扣铮亮,面孔很熟悉,像个抱窝的老母鸡似的,在那喊着,叫这个叫那个的,用自己的身体把彼佳和人群隔开。马车夫呢,也不傻,把他拉到警察局了;大家伙儿都聚起来了,义愤填膺地,他们想迫害彼佳,但一直没有机会。警察局长把他救了。"

"是县警察局长吗?"

"是啊,真是没想到!大概一年前,他正好救过这位警察局长的命。春汛的时候,那位局长过伏尔加河,差点淹死,彼佳反应敏捷、体格强壮,跳入河里,把他拉出来,还救了他的马。警察局长也是人,他一眼认出彼佳来了,想起了这件事。我就说,这太神奇了!就连小说里也不会发生这样的事啊。"

娜塔莎忧伤地看了看波塔普·波塔波维奇,什么都没说。赫霞轻声问道:

"就是说,那时候他还是被抓了?"

"被抓了。然后大家千方百计想把案子压下来,因为这个工人格利沙的确是个间谍,大家害怕这件事在法庭上圆不过去。我不知道这事儿是怎么结束的。只是彼佳当时出狱以后,到同志们手上的时候还完全病着呢。"

"我有一个问题不明白,波塔波维奇……"赫霞怯怯地说。

但雅科夫打断了她的话。他们大家和尤斯大概都说得太多了。白兰地也全都喝完了。

"我该动身了,"雅科夫说,"现在就走,或许还能赶到远处的站台。再见,娜塔莉亚·菲利波夫娜,谢谢您的款待。"

"也好,走就走吧,"尤斯接着说,"我和你一起去站台,我们就把波塔波维奇和赫霞送到这儿了。"

所有人站起身。户外依然是未消散的阴沉沉的雾色,分不清是早还是晚。

"好吧,再见吧,我亲爱的,"波塔普·波塔波维奇亲切地说,"祝您好运。每个人在自己的人生里都是自由的,别忘了这一点。"他突然悄悄问了一句:"在这儿别人都怎么称呼您的?"

"安娜·马克西莫夫娜。难道您不知道吗?"

"听说过。那么,祝您一切都好,安娜·马克西莫夫娜,谢谢您的茶,谢谢陪我们聊天,再次感谢!"

他紧握着她的手,再次觉得,他是在一位老朋友安娜·马克西莫夫娜的别墅里做客,和所有正常的人一样,喝喝茶、聊聊天。

赫霞看啊看啊,眨巴眨巴那双黑色的眼睛说道:

"我大概会留在这儿过夜的。"

然后她望向沉默的娜塔莎。娜塔莎并非可怜她,但不知为何,如今要一个人待在这低矮潮湿的房间里,她感到害怕。于是她说:

"留下吧。"

傍晚的时候,雨下得更大了,风把雨水从高高的白杨树上大片大片地刮到屋顶,雨水打在树上的声音听上去很奇怪,声音低沉、回声阵阵,就像马蹄的蹄声。

圣像面前用锁链串起来的粉红色长明灯(执事之妻每天都为娜塔莎点灯)在天花板上倒衬出一大片阴影,窗色昏暗。

赫霞躺在地板(她不同意睡娜塔莎的床)的垫子上,身上盖着自己的大衣。娜塔莎也还没睡。风在白杨树林间呼啸,在农舍的屋顶上敲打出马蹄声。

"我多么爱他啊,咳,如果您能知道我多么爱他该多好啊,娜塔莎!"赫霞叹了口气,低声说道,"您还没睡吧,娜塔莎?"

"没有,还没睡呢。"

赫霞在垫子上翻了个身,把一双黝黑的手插到脑后。

"请原谅我,娜塔莎,我自己也不知道为什么要说这些。但我心里很难过。我什么都不能,什么都不能为他做。这个……女孩,就是现在他把我安排在那儿的那个女孩,难道他爱她吗?不是的,娜塔莎,这个女孩不爱他的,况且没有人,没有人爱他!他都还不知道,自己是多么不幸的人!"

"赫霞,您是在说尤里吗?呃,我不太明白您说的话。正相反,所有人都爱他呢,说实话,他比我们和您都要幸福呢。"

"天啊,这是什么日子啊,什么日子啊!"赫霞没听到娜塔莎说话,继续低声说,"他没有母亲,他不认识自己的母亲,娜塔莎。我似乎是因为他的不幸而爱上了他。我想做他的母亲,做他的姐妹,仅此而已!难道我这样做是为了自己吗?"

她沉默片刻,又说道:

"娜塔莎,我有一段时间觉得,他会爱上您的。您……您若明白就好了。我有多高兴啊。但不是这样的吧?"

"不是的,"娜塔莎缓缓地说,"不是的。难道……"

她本想说:难道可以爱尤里吗?但她改了口:

"难道需要爱他吗?如果是为了他,他其实不需要任何您所说的这种爱慕。他有自己的智慧,赫霞。您不了解他。前不久我仔细琢磨了他说的话,没错……他只是用来羡慕的。"

赫霞忧伤地坐了起来。

"哎呀,娜塔莎!不应该这样的!不应该啊!他不了解他自己,您也不了解他,没有人了解他,只有我了解,因为我爱他!我不知道怎么跟您说。您羡慕他的幸福;就是说,您接受他的那些'智慧',是吗?您正在从过去的生活走出来,难道您想成为像他这样的人吗?"

"不是的……我倒是想……但我不能……"娜塔莎用力地说,"我太累了,备受折磨,老了许多,千疮百孔……但我倒是希望那样的。"

赫霞不说话了:不知道该怎么回应;而娜塔莎则有些哀怨,没错,她已经被摔得支离破碎,满目疮痍了,她不会有什么新的生活。难道她会为了自己而开始变得快乐,只是因为活着而快乐吗?难道她会轻易爱上第一个喜欢她的人,然后再把他忘掉,转身寻找欢娱和无辜的虚幻日子吗？也只剩下这一点了，因为过去的生活被辜负了；但是即使做到这一点也没有精力了，就像没有精力对待过去一样。

"其实，我是不是可以去画陶瓷花呢？"她想起了这句话，愤懑地自嘲。她又转向赫霞。

"赫霞，告诉我。不管怎么说，我们现在已经是坦诚相待了。那么，请告诉我，您为什么……不抽身出来呢？尤里离开了，您还是有机会可以靠近他，如果也……您可以更好地了解他……或许，他是对的呢？"

"不，娜塔莎，"赫霞悄声说，"我无论如何也不能离开的。我怎么离开呢？我不知道怎么表述，但我觉得，如果我离开，我就没什么可去爱尤里的了。不管怎么说，我不能没有思想而生活。"她不无遗憾且天真地说，"他有自己的事，活在自己的世界里，他不思考，——难道我会拒绝，我会为了他，为了自己不去生活了吗？"

"您真是奇怪，太奇怪了……还很愚钝……很固执……"娜塔莎生气了，"这都是无稽之谈，自欺欺人的。如果您愿意，您还是救救自己的心吧。不能'没有思想'而生活！请您告诉我！如果没有您，思想会生活得更好怎么办？到那时怎么办？思想应该是发展的，应该变换形式，应该长出新的翅膀，而您，或许，只会妨碍它发展呢？"

赫霞一脸无辜,为娜塔莎的举止惊愕不已。

"我不知道您在说什么……"她低语,"我说的不是这个。为什么我们要说这个啊?您别生气,得了,我们睡觉吧。"

一片寂静。忽然,黑暗里又沙沙地传来了赫霞的声音:

"米哈伊尔……"

"别说米哈伊尔!别说了!"

娜塔莎差点儿没从被褥里跳起来。

"别说任何与米哈伊尔有关的话!我不知道他会怎样,您也不会明白,他现在哪儿,想要什么!我和您谈论这个都还不合适,况且也没必要!我也不想做这种无谓的评判!也不允许自己这么做!"

赫霞彻底安静下来,甚至听不到她的呼吸声。

"睡吧,赫霞,没关系,"娜塔莎冷静以后语气柔和了些,"别委屈。好吧……是我不好,我太坏了……所以我可能才……很不幸。我谁都不爱,似乎也不能去爱任何人。我不知道自己还需不需要去爱。我——和尤里是一样的……只是有一点不同,他得到的都是快乐,而我得到的——全是痛苦……原谅我吧,赫霞,晚安。请原谅我。"

她背过身去,将被子盖过头顶,眼睛躲到油灯的暗影里。白桦树哗哗作响。雨水拍打着屋顶,声音低沉,回声阵阵。

第二十三章 三一会

远洋帆船上的人往往是形形色色的，聊天也是天南海北。在这样一艘轮船的茶水间里，米哈伊尔和自己新认识的朋友——拉夫尔·伊万诺维奇又坐到了一起。这是他们第三次见面。

那次大会之后拉夫尔·伊万诺维奇在人行道上等了米哈伊尔一会儿，很快就开始和他攀谈，之后他们在大街上一起走了约一个半钟头。从那以后就常常见面。这位新朋友那双锐利的眼睛、他的谈吐以及开启新话题的能力都让米哈伊尔很喜欢。尽管米哈伊尔素来不能全然信赖他人，但却不能对这位新朋友持怀疑态度：看得出来，这人完全来自另一个未知的世界，关注自己的事，而之所以关注米哈伊尔仅仅是因为"好奇米哈伊尔的思想"，此外，别无其他。

米哈伊尔的生活几乎是与人群疏离的。他很早以前有一小撮朋友，但他们都是一类人；他们之间的谈话几乎永远是雷同的。

而从拉夫尔·伊万诺维奇这里所获得的若算不上新鲜空气，至少也是其他的、与众不同的感受。

米哈伊尔已经知道拉夫尔·伊万诺维奇不是一个"异教徒"（起初他是这么认为的），而是一个旧派教徒。"后来我转向一神教，可是，我也没有修成什么正果，"他坦言，"现在呢，可以说，无论身处何地，无论在哪，我什么书都翻，我在认识这个世界。"他实际上是一个非常严肃认真的学究天人。"时间很多，生意打理得也不错，正在循序渐进地发展，我还是个单身汉。"

这晚，米哈伊尔郁郁寡欢。留声机让他心烦意乱，邻桌那两个醉醺醺的、竟还聊"宗教"的小伙子让他很气愤。评价自己的那些挥之不去的陈词滥调也让他怒火中烧。"想想看吧，我和拉夫尔·伊万诺维奇是一样的：无论在哪儿，无论身处何地都不得安宁。"

"我现在还想问您一个问题，"拉夫尔·伊万诺维奇说，"您知道这里有个三一会吗？"

"三一会？不知道，我其实谁也不认识。是什么？是个宗教派系吗？"

"不是，为什么要有派系？我们只是熟人之间这样称呼而已。我现在要过去做客，如果方便的话，我们一起去吧。"

米哈伊尔皱起眉头。

"我不能去我不认识的人那里。况且我为什么要去呢？"

"这还需要理由吗?我跟您也聊上几句了,算是朋友了。即便您不认识,也可以过去看看他们的。那儿有一位长者,还有他的侄子,有点瘸,另外还有一个工人和他们一起住。"

"一位长者?您怎么能说他们不是一个小派系呢?莫非是他们的老师么?"

"完全不是老师。我所说的长者仅仅意味着他是一位德高望重的人……"

看到米哈伊尔一脸惊异,拉夫尔·伊万诺维奇解释说这位"长者"是一位教授,名叫萨瓦托夫。

"就是那位著名的萨瓦托夫吗?"

"是的,很多人都认识他。他现在只是在女性私人课堂讲课。他当年有很多不幸的遭遇。但他还是精神饱满。"

"那他的侄子呢?"

"侄子身体很弱。他好像研究考古学。"

"我不明白,您说的这到底是个什么三一会?而且这和那个工人有什么关系呢?"

"他们三个人住在一起,思想也都一样。没什么,生活得很和谐。还有这个工人谢尔盖·谢尔盖耶维奇,他们一伙的。谢尔盖·谢尔盖耶维奇是有家庭的人,他的妻子不希望他这样,好像不同意,所以她和孩子们单独过,他们经常互相走动。"

"真是怪事!"米哈伊尔说,"他们到底有什么样的思想?实际上，还是像个派系。"

"都是些普通的思想，各种各样吧，我想补充一点的是，他们的思想很一致。要是您去的话，您可以自己问问。他们随时欢迎来客。顺便说一句，其他人还把他们称作'相对真理派'，这是因为：他们有自己对不同时代的看法。"

"对时代的看法？"

"是的，和历史有关。比如任何时代都有自己的真理，所以首先需要认识时代及其他相类似的，等等。"

"好吧，那我们一起去吧。"米哈伊尔站起身，"我不太明白您说的内容，但是，如果是萨瓦托夫的话，我可以过去待上一个钟头。那就这么着吧。只是您怎么好带一个陌生人去呢？实际上，您对我也不了解的。"

"这有什么呢！"拉夫尔·伊万诺维奇摆摆手笑了笑，然后他们就一起出发了。

乘电车的路上米哈伊尔努力回想听闻过的有关萨瓦托夫的一切，但是，一无所获。通常人们只说他是"一位著名学者"；曾经"历经磨难"，但那已经是很遥远的事了，最主要的是，所有内容都不是米哈伊尔近年来的兴趣点。

和拉夫尔·伊万诺维奇一起走在狭窄的胡同里，直到萨瓦托夫家门口的时候，米哈伊尔突然意识到，他现在的装束像是一个工人，一件蓝衬衫，一顶男式便帽。他忽然莫名地有些拘谨，同时脑海里瞬间闪过一个念头，拉夫尔·伊万诺维奇会怎么想他呢？

"我……今天这身衣服……"

"没关系，没关系，"拉夫尔·伊万诺维奇鼓励道，"就算是这样他们也会看得出您是什么身份。"

米哈伊尔浑身不自在。

"什么叫看得出来？他们该知道些什么呢？您这是要带我去哪儿啊？"

拉夫尔·伊万诺维奇有些意外，目光锐利地瞄了他一眼。

"哎呦，您的情绪怎么这么不平静呀，我的天啊！"他伤感地嗔怪道，"害怕人类恐惧，那就别和人类来往。这不，我们可已经到了。"

这是木质住宅里的一间干净小屋，长长的餐厅里已经摆好了茶水。给来客开门的是一个矮壮的人，穿了一件和米哈伊尔一样的蓝衬衣。他把客人引进餐厅，自己坐到茶炊旁。

一位瘦瘦的白胡子老先生从圈椅上站起身来。米哈伊尔发现，这把圈椅是旧式的，很漂亮。桌旁坐着的第三个人在看书，他发色略微泛红，两颊苍白，一双深色的眼睛，很快乐。

"啊哈，您好，"老先生热情地说，把手递给米哈伊尔，"您是和拉夫尔·伊万诺维奇一起过来的吗？我好像很久没有见过拉夫尔·伊万诺维奇您了。"

拉夫尔·伊万诺维奇用印花手帕擦了擦胡子坐了下来。

"是很久了,很久了。我书读得入迷了,倒把人类给忘了。那么,你们最近怎么样啊?"

"还好吧,平平常常的,"穿蓝衬衫的人也就是谢尔盖·谢尔盖耶维奇回答道,"我小儿子这周病了,差点儿没命了。"

发色泛红的人愉快地笑了。

"都好了,现在没什么了。"他说。

谈话开始了。拉夫尔·伊万诺维奇开始讲那天大会的事,讲到尤卢里亚·德沃耶库洛夫先生的言论,又有点激动。他说得很连贯也很清楚。

"瞧啊,这不就是鬼玩偶吗?"他义愤填膺地把话说完了,"您说,这能行吗?"

萨瓦托夫微笑着。

"骂人倒是没必要,用不着。实际上,也说服不了谁吧?可反过来想,能怎么办呢?有时候骂一骂也有好处。"他想了一会儿又补充道,"我认识这位大学生。不错。很久以前认识的。长得还算英俊。不是很有趣,有点讨人嫌。"

"瞧您,怎么指责人啊!"一直沉默不语的米哈伊尔说道,"这样说不对,德沃耶库洛夫是个很可爱的人。"

"我这不是指责,况且为什么不能指责啊?这位大学生啊,也可以说,不是讨人嫌,而是很可怕。"

"为什么这么说呢?"

"因为他本来很没趣,却看上去很有趣的样子。他似乎完全不存在,又好像他在似的。"

"我不懂这种玄乎的事!"米哈伊尔厉声说道。

发色泛红的侄子惊讶地望了他一眼。

"您为什么生气呢?"

他们三个都温文尔雅而又诧异地看着他。

米哈伊尔有些难为情,瞬间怒从中来。

"因为我既不了解自己,也不了解你们!我干吗要来你们这儿呢?好像我时间很多似的!你们这都是些什么人啊?为什么你们搞这个三一会,在这胡说八道什么呢?"

长者萨瓦托夫看着他,也生气了。

"您的时间足够了,别着急!为什么是胡说呢?你要愿意,叫空谈也行的,光说又出不了啥事。另外,如果我们愿意而且喜欢生活在一起,为什么不该一起生活呢?"

是的,为什么不这样生活呢?米哈伊尔也不知道。

"如果互相看着对方的眼睛,"谢尔盖·谢尔盖耶维奇说道,"能发现一些志同道合的东西,那就是想生活在一起啊,是这样的!"

侄子笑了。

"谢廖沙是在说教呢!"

"没有,哪来的说教啊!"米哈伊尔急着说道,"既然我已经在这儿了,我的确很想弄明白,你们是什么人,你们所说的'一致的思想'是指什么,是什么把你们联系在一起,你们在一起做什么?"

"一连串这么多问题啊!"萨瓦托夫笑了,"我们是一群最普通的人。我们的思想也都很普通,一些最主要的内容,我们的确观点一致,正是这一点把我们联系在一起。至于我们一起做什么……我们做的事还太少。很糟糕!做得太少了。"

"我们哪行啊!"侄子忧伤地说,"我们太脱离实际,我们就是一帮窝囊废。我们活着,仅此而已。"

谢尔盖·谢尔盖耶维奇深深呼了一口气。

"能怎么办啊!我倒是想做些事呢。但是搞不定啊。又找不到人。自己干又没时间。"

"您要是自己干就好了。"萨瓦托夫盯着米哈伊尔突然说道。

侄子点点头。

"是的,他是一个自力更生的人。他自己干最好了。早吗?"

"什么自己?什么还早?"米哈伊尔又发怒了,"谜语吗!我怎么听不明白!"

萨瓦托夫站起身来。

"来吧,朋友们,咱们到办公室去。那里坐着舒服些。我们随便聊聊。您呢也别生气了,"他向米哈伊尔点点头,"我们几个脾气都很暴躁,我们经常互相对骂,您也是如此啊!我们没有什么秘密,您不明白的都是些最普通的事!"

谢尔盖·谢尔盖耶维奇跟在后面嘟嘟囔囔:

"老是盯着别人的眼睛,我们练就了识人的本领。一下子就能看出来,习惯了!"

拉夫尔·伊万诺维奇早就离开了,已经临近半夜了,而米哈伊尔依然坐在萨瓦托夫那间拥挤不堪、摆满书籍、光线柔和的办公室里。瘸腿侄子窝在圈椅沙发里。谢尔盖·谢尔盖耶维奇靠在窗台,抽着厚厚的烟卷。

大家都在聊着,聊一些最普通的事,仿佛无论是主人还是客人之间都已经相识很久。一切发生得自然而然。米哈伊尔也不再困惑,为什么他们会生活在一起,他又为什么会来这里了。

他愈加喜欢拉夫尔·伊万诺维奇了;而萨瓦托夫呢,就像一只年迈的、安静的鸟;他很同情瘸腿红发人;但是与他和谢尔盖·谢尔盖耶维奇聊天,比同拉夫尔·伊万诺维奇聊天更轻松些,因为拉夫尔总是高谈阔论。

"我本人原来是一个很有党性的人,"窗台边的谢尔盖·谢尔盖耶维奇低沉地说,"这是件好事。但是,现在的情况是,不管你说多少相同的话,也不会达到真正的统一。这里毕竟不是什么商贸或是公务'协会',这里需要的是人。而党呢,它要靠思想。您认为,是靠行为吧。可究竟靠什么行为呢?如果一个人想要向您隐瞒自己,那就算是通过他的行为您也什么都判断不出来的。"

"您怎么乱说呢?"萨瓦托夫打断了他,"当然,现在'党'这个词应该有更多的解读,为了能像以前一样稳定,那就更需要彼此了解得更充分些,把基础打得更牢些。"

"三百个人可没法像三个人这样能互相了解吧?"米哈伊尔说道。

"为什么不能?可以的!无论在哪看到一个人。和一个说上一两句话,和另外一个喝喝茶,和第三个人一起默不作声地待上一会儿。您可别笑,亲爱的,我说得很认真。"

"我没想笑。如果你们有识人的诀窍,那就教教我吧!"

"哪有什么诀窍!别担心,您自己会学会的,都是这样。免不了的。人的阅历不断丰富,所以应该看得更仔细些,而不是一成不变,想当然:哪出生的,什么时候消失的,有些什么履历。"

"你们都是理想主义者。"米哈伊尔冷笑一声,在房间里踱来踱去。

"我们都是脱离现实的人,"瘸腿人叹了一口气,"倒是真的。可到头来自己还不是又要积极生活。可是,我不把这种更认真、更广泛接触人们的需求称为理想主义。"

"这种需求很伟大!"谢尔盖·谢尔盖耶维奇脱口而出,"也好吧!我本打算走的,和一些优秀的人共事一阵子。能跟着你们就好了。"他看着米哈伊尔又补充了一句,"优秀的人是有的。或许你们那儿就有,只是你们不知道而已。"

米哈伊尔回过神来。他们在说什么呢?

"有的,有这样的人,"萨瓦托夫接着说,"优秀的人总是有的。譬如说我的那帮女学生吧,——我们这儿到处都是这样的人!我这儿说个例子。其中有几个是非常有才华的!如果在二十五年前,她完全可以成为彼洛夫斯卡娅[1]或薇拉·费格涅尔[2];而如今,她已经不满足这些了,她的胸怀更宽广了;要走,可是又无处可去,没人可找。可能会去,我不知道去哪,会去谢尔盖耶夫三一教堂,终究,她会把自己和自己的才华全都毁了,她不会成为薇拉·费格涅尔那样的人。虽说是圣地,都是过去的事了,已经变得冷冷清清的了。现在优秀的人都不在那儿了。"

"就是说,以前的人都没什么希望了吗?"

"是啊,哪能有保证啊!任何人都会随着时间变化的。"

瘸腿侄子一瘸一拐地出了门,拿来一瓶白葡萄酒和四个杯子。

"你可真是的,"谢尔盖·谢尔盖耶维奇温柔地看了他一眼,"你若说一声,我会自己取的。"

萨瓦托夫又转向米哈伊尔:

"从您的角度看呢,您应该好好待上一段时间。仔细想想,观察观察。没必要这样急匆匆向前跑。"

---

1 索菲亚·利沃芙娜·彼洛夫斯卡娅(Софья Львовна Петровская),民意党领导人之一,直接领导杀害亚历山大二世。——译者注
2 薇拉·费格涅尔(Вера Николаевна Фигнер),俄罗斯女革命家,民意党执行委员会成员。——译者注

"是说离开吗?怎么离开啊?大家离开的理由都不一样的。尤里·德沃耶库洛夫离开……只是厌倦了。我妹妹离开……或者准备离开,是因为她无力做了。这有什么好说的:我无法离开。没时间仔细琢磨。"

他又一次对自己很恼火。

"我们在说什么呢?到底是为什么呢?"

"我们在说您呢,"瘸腿侄子说道,"是的,您别急。会更准确些的。为什么不好好观察观察呢?时代变了,您自己的需求或许也该增加了。"

"不,我们一直都在打暗语。"米哈伊尔激动地坐下来,"我发现,你们多少知道些事情,但是很少,好像一切都是从旁观角度。我相信,你们是朋友(瞧,我正在和你们讨论呢!)但是,也请你们相信我:我现在不能走,就是现在,就是指我!我不能。不管我出什么事,我都无所谓,无所谓。所以我应该藏起来,就好像什么也没有发生,而且这绝不是为了自己!而是为了那些没有改变态度、还没有成熟、没有背叛的人!我能把他们搁哪儿去呢?并足鞠躬,愉快地告别,我会按照自己的方式做,说我的视野开阔了,你们难道还比不上我吗?可他们怎么才能明白这一点呢?他们弄清楚背叛是怎么回事,这并不是他们的错。实际上,我不怕他们对我的评价,我是怕背叛他们,怕把那些不明事理的、筋疲力尽的人抛在我们道路的沉重转折点上。那就一起走吗?我反正不能抛下他们不管,要知道,这样做不单单是对生者的背叛,还是对死者的背叛!"

"可如果事情要求这样做呢?"谢尔盖·谢尔盖耶维奇喊彻整个房间,"您别回避,没准儿您可能想,把面团里和些旧的酵母,放在旧的坛子里,会发出旧的面包来?想过吗?会发出来的。那到时候怎么办?"

"那就请吧,"米哈伊尔放肆地说,"我也不足为惜。我又没啥本事!我又高升不了,无所谓的。我快要入土了。我宁肯和我的战士们一块死了,也比急忙逃走去组建新的生力军强。我哪行啊?就让新人按他们知道的做吧。"

一片沉寂。

"其实吧,"米哈伊尔抬起头轻声说道,"我不会躲起来的,即便没有你们,我也考虑过这件事,考虑过所有的事。所以,可能,我这话匣子就开了……现在当务之急就是想,不能就这么掺和进去。我在等,等一丝机会,绝不能两眼一抹黑。我现在看到的只是黑暗,所以应该等。你们相信我吗?"

"相信。"萨瓦托夫和瘸子说道。谢尔盖·谢尔盖耶维奇又补充说:

"很难一直停在一个点上不动的。或许,还应该再等等吧。现在很多事情都是两眼一抹黑的。要是能有一双猫眼,那就可以仔细看看了。"

米哈伊尔突然站起身。

"好吧,再见吧,很晚了。我要走了。谢谢你们……也不知道为什么谢,但还是要谢谢。谢尔盖·谢尔盖耶维奇,你说得没错:我们没有猫眼,连一双如何发现人的人眼都没有。这是最糟糕的。"

瘸子冲他开心地笑着。

"会的,会有那样的眼睛。一切都会有的,别担心。暂时还是牢牢坚守吧。坚信您自己所拥有的美好一切。"

"美好的东西并不多!"米哈伊尔忧伤地冷笑道,旋即,仿佛有人在他面前拉了一条线,他看见了自己当年的样子,时而很自信,时而又无奈地刻薄,一会儿忘情地自我牺牲,一会儿又像个孩子似的鲁莽,常常很卑鄙、很冷漠,但永远很痛苦,只是程度忽强忽弱。

"怎么办?我习惯了……一个人。"他咕哝了一句,像是在回应自己那模糊的思绪。

大家都到大厅来与他告别。

"不,一个人不好。"谢尔盖·谢尔盖耶维奇说道,"没什么可习惯的。一个人,这可不太好。"

瘸子接着说:

"或者您留下来在这儿过夜?我们家没有其他人了。我们没有雇用人。老太婆早上来……"

"不，不，谢谢，我要走的，"米哈伊尔回绝了，"谢谢你们。"

"那您还什么时候过来呢？"

"不一定……现在。不一定。再见了。"

"会再见的，"谢尔盖·谢尔盖耶维奇斩钉截铁地说，"不是现在，是以后。我还打算和您一起共事呢，真的！陈年旧事加上新的酵母粉，一触即发啊！"

米哈伊尔只是叹了一口气。

"再见吧。我只是很遗憾：说自己说得太多……没能好好地了解了解你们。你们也讲一讲，你们这是怎么一起生活的。"

朋友们哈哈大笑。

"这有什么可聊的呢？"瘸子很惊讶，"您看到什么样就是什么样了。我们一起生活的时候都在想什么，我们自己也还没顾上互相聊聊呢。您的事要紧。"

谢尔盖·谢尔盖耶维奇犹犹豫豫，把一个蜡烛放在窗台，然后吻了米哈伊尔。

"那么，再见吧，再见！快走吧……"

米哈伊尔已经抓住一只门把手的时候，长者萨瓦托夫叫住了他：

"我没和您说过，我是怎么认识这位大学生，德沃耶库洛夫吗？我其实去过伯爵夫人那里。很少去，但是去过几次。我们是旧相识。伯爵夫人特别开朗、严厉，但是她见到我很意外。那个小姑娘,她的外孙女,是我的好朋友,她是个好姑娘,总是安安静静的。"

"您见到她了?"米哈伊尔飞快地问,"是的,是一个好姑娘,我知道。"

"还有件事,亲爱的:如果您有什么需要……说不定就发生什么事呢……比如要送谁……或者通知谁……那就直接到这儿来,以侄子的名义。奥列斯特·费多洛维奇·登。以防万一。"

奥列斯特笑着点点头:

"是的,是的,以防万一。"

第二十四章　幽暗的笑

当老伯爵夫人知道萨沙·列夫科维奇受伤了，正躺在医院里的时候，她紧闭双唇、愤愤不平，把麻纱手帕朝脸上一挥，意味深长地说：

"——Rien de plus naturel（真是不出所料哇）！这个不幸的傻孩子！我早就料到了。只要看看他犯傻娶回家的那位就知道了……"

尤里告知了伯爵夫人发生的事情（很简短概括，只说了萨沙在自己那儿受了点轻伤），他很惊讶，不由自主地发现，这个老太太还是相当敏锐的。

"这是什么做派啊！"伯爵夫人接着说，"还跑到别人家的房子！这些蠢事该在自己家做！"

她十分气愤，沉默了片刻，又补充了一句：

"像他妻子这样的女人，要会教育她们。要能把她们控制住，"

她又改用法语,"如果做不到的话,那就别娶她!别娶!"

尤里满心欢喜地笑了。伯爵夫人分析事情的语气坚定、有条有理。

"Vous avez raison, madam（您说得对,女士）。"他狡黠而恭敬地说道,"萨沙的妻子受的教育不够。但是,谢天谢地,这沉重的教训对她来说没有白挨。她现在完全慌了神。日日夜夜都在医院陪伴在丈夫身边。希望他们能有好转吧。"

"是这样吗?那太好了。如果她改正了错误,那还不错。我还得说,萨沙也应该改一改。但是您也知道,一个人的愚蠢是很难改正的。"

尤里再一次暗自佩服伯爵夫人。他自己没有灰心,因为对于木拉来说,他指望的是自己,而不是萨沙。木拉这样的女孩儿会对这样的教训记忆深刻。

尤里第一次去医院探望列夫科维奇的时候,子弹已经被取出,受伤的人也已经痊愈了。

他半靠在高高的、黄色的枕头上,留着垂下来的小胡子,但脸还是被刮得挺干净,神情无助,但很快乐。木拉在他床边的圈椅上坐着,面色绯红,美丽又认真。

看到尤里进来,病人微微动了动,神情变得更加无助。

"对不起……对不起……"他低声说道,用健康的那只手抓住尤里的手："原谅我……给你带来的麻烦。"他看了一眼木拉,补充道:"原谅我给你带来的惊恐,原谅所有我……"

"够了,够了,"尤里愉快地打断他,"都是些小事,谢天谢地,一切都过去了。"

"相信我,尤卢里亚,我……"

"我相信,唉,你怎么这么无趣啊!一切都朝好的方向发展了,他又来劲了。"

木拉温柔地伏在丈夫身边。

"亲爱的萨沙,激动对你不好,说太多话对你也不好,要不然尤里就要走了。"

病人一脸羞涩,幸福地看了看尤里,又看了看木拉,不再作声。

木拉开了口。她说他们有个计划:刚刚获得医生的允许,他们要出国。萨沙会有一个长假。

尤里很支持这个计划。

"太好了,去吧!也许我还能过去探望你们。"

他没有打算出国,只是为了木拉才这么说的。

她神采飞扬,点着头,眼神似乎想说:"你别担心,我都记着呢,都明白,你看吧,我多机灵。"

从门诊出来,尤里松了一口气。"唉,总算结束了!暂时一切井然有序。可别纠缠了。"

他沿着岛上的繁华街步行,朝涅瓦河走去。天气很热。这炎热不知从何处突然降临，也许是从淡紫色的天空中吧，凝滞在彼得堡的街道上，笼罩在苍白的河流上。河道的栅栏和透着光的花园都慢慢灼烧起来，鹅卵石也灼烧起来，尘埃散发出愁苦而无聊的气息。在河边，木块铺就的河堤上散发着熔化为黑色焦油的沥青味儿。

在这突如其来又消散不去的彼得堡酷暑中，弥漫着一种无望的情绪，和下雨时一样：天空变得更蓝，不落的太阳更加暗淡，柏油马路淌着黑色的汗珠，仿佛这些停滞的、毫无个性的、灰尘弥漫的日子永远不会结束。

尤里觉得很无聊。这令人怠倦的酷暑笼罩了他，让他感到疲倦。时间慢得仿佛在爬，房子和人都变小了，褪了色似的。圆圆的天空缩成一团。隐隐约约，又说不上来。仿佛觉得，透过紫罗兰色的天空露出不怀好意的、阴郁的笑容，黑黑的一团，就像是被无边无际的辽阔天空挤压着的空气备受折磨。

已经不是无聊了，而是感到极度可怕、不自在，浑身发冷——尽管天气炎热。

尤里在涅瓦河上停了下来，呆呆地望着水波，望着轮船，望着海帆船，望着运送薄木板的庄稼汉。

一切都和往常一样。只是他觉得天空越来越幽暗了，就像在月食时候，泛着铁灰色的光。整个世界都变得昏暗了，仿佛要落下。这幽幽的、弥漫着的黑暗在朝世界讥笑。

"我只是不舒服而已！"尤里大声呵斥了自己，想从这始料未及的白日梦魇中挣脱出来。他快速向前走去。

他心想：真是荒唐。神经太紧张了。应该去丰坦卡别墅，去伯爵夫人那儿，锁上房门躺下睡觉。我要一个人一直睡到明天早上。这些鸡毛蒜皮的破事儿！

他心情轻松了一些。在丰坦卡宅邸，他的确锁上房门，躺了下来，随后酣然入睡，一夜无梦。

第二十五章　儿童娱乐

清晨，可恶的梦魇和身体的不适只留下一些不愉快的记忆了。尤里决定在丰坦卡宅邸住上三两天，哪也不去。之后他再回瓦西里耶夫斯基岛。他没想尽快离开，因为还有一些和大学有关的事要处理，他一想起考试几乎是快乐的。甚至想有一份轻松的、能热心效劳的工作。

上午，十点左右，尤里从餐厅回自己屋。经过走廊的时候，他听到教室里传来熟悉的声音。

他很惊讶。难道米哈伊尔和丽塔还在上这些课吗？他几乎把他们忘了。况且，这段日子他完全没想起米哈伊尔。

尤里心情愉快而轻松。刚洗好的制服上衣令他神清气爽。事实上，在伯爵夫人的宅子里感受不到一点热度，甚至有点像冰窖，这一点让人很满意。

尤里寻声望过去的那间教室比较闷；有阳光；不过，白色的窗帘已经放下来，随着气流微微颤动。

"你好，"尤里礼貌地问候，"很久没有见面了。你们好像在这儿争论什么？"

"没有。"米哈伊尔打了个招呼。

丽塔默默地看了哥哥一眼，垂下眼睛。尤里早就注意到她最近一直保持沉默，也不去他的房间了。"妹妹在生闷气。"他暗自冷笑，之后就再也没在意这件事了。

丽塔似乎变样了，成熟了。她的表情也和以往不太一样——也可能，是因为她把头发挽起来了，像个大人。如果有人问她的年龄，——她会很认真地说快十八了。

"你那天没有因为我的反驳而怨恨我吗？"米哈伊尔找了个话头。

"说什么呢你！非常高兴。这本来就是游戏嘛。现在我，说实话，已经完全忘了那一帮子著名人物了。"

"白说了！"丽塔有些激动，"你那什么都是游戏！"

尤里笑了。

"我的小妹妹怎么生气啦？你吃醋了吗？你去皇村吧，去打打草地网球。"

丽塔口沸目赤。

"我讨厌这个皇村！在那儿生活就是个笑话！我最好去农村卡佳姑姑那儿，如果去不了红房子的话。"

"是的，我自己也喜欢红房子，"尤里认真地说，"它尽管陈旧，但是我现在打算夏天在那儿住上一两周。我让人把下面的窗子钉一钉。那儿很寂静，很好。"

"是在芬兰吗？"米哈伊尔问道，之后他那双蓝色的眼睛忧郁地望着尤里，讪讪地问，"莫非你可以在穷乡僻壤住上一两个星期？"

"当然喽！这其实也是一件幸事；有时候独处也可以拥有与众人在一起一样的欢愉。只要能带来快乐，我什么都不拒绝。"

"不是，我以为……"米哈伊尔刚开口就止住了。尤里站起身来。

"好了，再见吧，我的孩子们。你们太无聊了。说真的，米哈伊尔，我每次看见你都为你感到遗憾。我很喜欢你；我很想让你开心，却爱莫能助。"

只剩下他们俩——丽塔和米哈伊尔——沉默了一段时间。每个人，大概，都在想着自己的心事。

"我可怜他，可怜他！"丽塔说道，"实际上，可怜所有人。哎，太可怜了！"她遗憾地两手一举轻轻一拍，失声痛哭。

米哈伊尔在一旁看了她一眼，轻声细语：

"嗨，这是怎么了？我不喜欢人哭，弄得我也想哭了。"

然后他紧皱着双眉、一脸苦笑，丽塔已经不哭了。

"米哈伊尔·菲利波维奇，我只有一件事儿求你……但是我不知道该怎么说。您，大概以为尤卢里亚不是一个好人，这是不对的！他甚至很善良……不会有意对任何人做坏事……只不过他很奇怪，在众人面前说的都是不应该说的话……我不知道，我很多观点不能和他苟同，甚至会很气愤，但是我还是不能不爱他。"

"不是的，"米哈伊尔站起来，若有所思地说，"他完全不是一个坏人，这怎么会看不出来呢？他没有任何遮掩。为什么您认为，我会把他看成坏人呢？"

"这样啊……"丽塔垂下眼睛，"我倒不希望这样想。因为他，说实话……只是有点怪。难道这是他的错吗？"接着她又急匆匆地补了一句："您要走了吗？"

"是的。我大概周二还会来。也可能再也不来了。"

"知道了。您说过的，"丽塔兴奋地说，"我还想再见见娜塔莎。但是如果她走了，那就算了，她我也不想见了。"

"您太不通人情了！"

"您是想说我什么都不懂吗？想说我还是个小姑娘吗？也好，这也没错。我才疏学浅，懂得少，但是如果我还年轻，那其实也还不错。这意味着前面还有很多时间。"

"也就是说，浪费了也不可惜么？"米哈伊尔开玩笑。

"不是的，不是，正是觉得浪费时间很可惜呢。为了能做更多的事，我都是精打细算，也很固执。"她非常认真，像成人一样又加了一句,"我连您也会指责,按照我的理解。哪怕以后永远再也见不到您,我一个人去无所谓,按自己的方式,回归自我。"

米哈伊尔什么也没说,紧紧地握了握她的手。在大门口他转过头问道:"请问,尤丽塔·尼古拉耶夫娜……您认识萨瓦托夫吗?萨瓦托夫教授?"

"季杜夏吗?"丽塔欢呼雀跃,"肯定是他!他经常到外婆那儿。不过现在已经很久没来过了。大家都叫他季季姆,季季姆·伊万诺维奇,他上了年纪了,我给他起了个别号季杜夏。啊哈……您为什么问起他了?"她突然问道。

"我刚认识他……他们。很偶然,他们完全不认识我。"

"他们?没错,奥列斯特我也认识。但不认识谢尔盖·谢尔盖耶维奇。他们喜欢您吗?"

"非常喜欢。"

"瞧吧,我说吧。季杜夏正儿八经也就和我说过一次话。说得很简单,完全像是和大人在说话。我尊重他们所有人。"

"不太明白……"米哈伊尔有些踌躇,"他们都是宗教人士吗?在寻找共同的上帝吗?"

"上帝?"丽塔很惊讶,"干吗要寻找上帝呢?上帝不是一直在那儿吗……对他们而言。当然,也是大家的。"

他们默默地互相看着对方,两个人都意识到,他们的话还没有说到一块儿,现在还不能在某个问题上达成一致。丽塔似乎对此全然没有察觉,她毕竟太小,没那么聪明。而米哈伊尔则认为,每当他谈及他所不熟悉也不擅长的人类伟大灵魂的时候,他的言辞总是那么粗鲁、平淡而没有分量!这是为什么呢?

他急着收场了。

"那么周二见了!"

"是的,您和季杜夏一块儿来更好……他会来的。他们和外婆总是在争论,但是外婆非常尊敬他。真是奇怪!再见,周二见!"

她思忖片刻,突然又说了一句,似乎在自言自语:

"这个奥列斯特很可怜……他一个哥哥被打死了。"

"谁打的?什么时候的事?"

"很久以前了。具体细节我也不清楚,当时他们都没和我讲,但是好像很恐怖的。我之后想起来,以为……他在工厂被打死了。从那以后谢尔盖·谢尔盖耶维奇也和他们一起住了。在新卡雷母斯克有一家工厂,规模很大,是他们的叔叔留给奥列斯特和他工程师哥哥的共同遗产。叔叔刚去世,没过多久就出事了。"

"在新卡雷母斯克?听着,给我讲讲吧……"

米哈伊尔的记忆里突然跳出一件有些熟悉又有些奇怪的趣事,是他听说的,但是没有仔细想过,后来就忘了:因为离他生活圈子里的人和思想都比较远。

"我能讲什么呢?"丽塔无助地说道,"我知道的不多。他们是两兄弟:奥列斯特和维克多。奥列斯特和季杜夏住在一起,维克多跟着他的另一个叔叔,一个工厂主,很富有。毕业后他当了工程师,在叔叔的这个工厂做主要负责人。后来叔叔去世了,就把工厂和所有的钱财分给两兄弟。有一次维克多突然来到这里,他们和奥列斯特商量好以后,就一起回工厂了。再后来季杜夏也和他们一起了。他们开始提出一些新制度。刚一出台,工人们就把维克多打死了。后来工厂就关门了。"

"等一等,尤丽塔·尼古拉耶夫娜!是些什么新制度?"

"不知道。很好的制度。一切都按照新的方式,自己的方式。听说,若是不允许,也实行不了的。一般来说不大可能……如果是在其他工厂就不会这样。这事太可怕了。"

"他们想把一切都给自己的工人吗?"米哈伊尔努力回忆。

"是的,是的,好像是这样!当然。他们会让工人们相互之间商量好,选出他们信任的人,就连维克多的工资也由他们自己来认定,想给多少给多少。哪怕维克多不同意,那他们就可以另请高明。奥列斯特在工厂没有职位,兄弟俩商量好了,奥列斯特什么也没有。"

"您说,这是很久以前的事了……一共也就是两年前吧?"

"两年了,没错。米哈伊尔·菲利波维奇,难道这样对工人们不好吗?要知道,他们一直希望这样呢。只是让他们彼此商定妥当,让工厂开始运行。叔叔在世的时候,工厂倒是运行的,还给他赚了很多钱。工人们怨声载道,到处都一样,但毕竟工厂在运行。"

"那这回怎么样呢?"

"他们没法达成共识。有些人离开了,人心涣散。维克多在工厂的院子里被铁棒打死了。还有人喊:罪魁祸首!太恐怖了。"

"那奥列斯特怎么样呢?丢下一切跑了?"

丽塔瞪了他一眼,目光严厉。

"您干吗这么不怀好意呢?他没跑。他即便是一个人当时也不会放弃的,况且全都完蛋了。他们关了工厂,甚至还想指控奥列斯特。就这些了,其他我就什么都不知道了。"

"已经不少了……"米哈伊尔若有所思。他就一直这样站在门口,打算离开,但还没离开。

"您自己可以和他们聊聊这件事的,"丽塔补充道,"他们会告诉您的。谢尔盖·谢尔盖耶维奇从工厂回来,他们当着他的面把维克多打死了。季杜夏和我说,奥列斯特无法忘记那一幕,他非常痛苦。他们的愿望很美好,可是结果怎么样?多少人都消失了。是的……我刚刚给您讲的时候,我自己也渐渐回想起来,也明白了。季杜夏说得对:这很好,应该是这样的,只是还没到时候,以后再说。他们当然有错。现在他们自己也看见了,一开始应该先把很多事做好……然后再来做这个。"

米哈伊尔沿着燥热的黑魆魆的丰坦卡河走着,想着心事。透过丽塔半孩子气似的言语和自己的独立思考,他意识到实际情况是什么了，很多事情都猜到了；也正是因为这件幼稚而可怕的事件，他开始更能理解他的那些新朋友了。更理解也更亲近。以前他只是相信他们是朋友，而现在他知道，他们不得不成为朋友。他们的思想，无论有多么宽广，都是很相近的思想。有一点米哈伊尔已经看得很清楚。他们不是凭讨论，而是凭借惨痛的经历，罪恶感和痛苦让他们一致认为，应该认识自己的时代，很多事情还是应该首先实现，然后才能，只有以后！那些优秀的人默默做的卓越事业才能获得好的结果。

第二十六章　沉　默

尤里和妹妹两个人驾着伯爵夫人的走马[1]赫万名[2],坐着拥挤的轻便马车在路上行驶。

他们从列夫科维奇家告别出来:明天萨沙要和木拉一起去国外。而伯爵夫人认为丽塔应该去探望一下生病的亲戚。伯爵夫人越来越信赖尤里,所以她很愿意放丽塔和他一起去。

在萨沙家没有坐多久。尤里提议再出去兜兜风,然后他们就一起前往岛上。

丽塔若有所思。尚在列夫科维奇家的时候,她就一直默不作声,诧异地端详着含情脉脉的木拉奇卡。马车平缓地行驶在卡蒙诺岛的大桥上,马蹄偶尔发出笃笃声。尤里在向马车夫利帕特仔细询问走马赫万名的情况,他很喜欢马。当年伯爵夫人想把它卖

---

[1] 走马或快步马是马的种类,指善跑的马。——译者注
[2] 原词是形容词 Хвалёный 作名词用,常用作马的名称,意思是"大家赞扬的",在此译为"赫万名",取赫赫有名之意,兼顾原形容词发音。——译者注

掉的时候,尤里曾劝她不要这样做。

尤里对良马以及对一切美好而珍贵的事物充满异常强烈和无私的爱。他丝毫不会因为自己贫穷而痛苦,也从没有希冀过财富。对他来说,不论赫万名是他的马还是伯爵夫人的全都无所谓。或许,正是因为无所谓,所以他知道:假如想要获得金钱,想要得到某种东西,金钱通常会很轻易地被不受金钱束缚的人获得。钱总会有的。尤里既不虚荣也不贪婪。

心情舒畅。小涅瓦河飘来凉爽潮湿的风,泛着尘土的味道,顺带着还有青蛙:一年四季潮湿的岛屿近在咫尺。妹妹戴着灰色的透明凉帽美极了。她在想心事,最近一段时间总是在和他争论。随她去吧!终究是一个讨人喜爱的妹妹。随她心愿吧……

"尤里……"她突然开口,"这是怎么回事?为什么萨沙……开枪自杀?"

她的声音很轻,不想让利帕特听见。

尤里忽然很想把列夫科维奇和木拉的一切,事情的来龙去脉和妹妹和盘托出。为什么不能讲讲呢?他感觉她现在是一名多么可爱的同志。

于是他压低声音,几乎贴着耳朵,长话短说,开开心心、原原本本地告诉了她。

丽塔呆若木鸡。睁大了双眼。

"朝你开的?朝你吗?我的老天!那万一他……太不可思议

了！我的天啊！不，我不能理解……"

尤里以为她不明白他所讲的内容，就又开始重新解释，他刚一走进……

"不是，不是的。我不是不明白这个……可这怎么可能呢？就因为木拉的一派胡言吗？"

"喏，也许是因为谎言……我看哪，你还是我的傻妹妹……干吗大惊小怪的？一切都峰回路转了。我已经让这个蠢女人束手就擒了。现在乖乖的。萨沙也很幸福。"

"是的……没错，尤拉，其实，世上的一切都建立在谎言之上，谎言和偶然！这就是我不能明白的地方。如果是这样，我很厌恶，而且很害怕。"

"哎，我亲爱的，"尤里拖长了声音，"很正常。生活就是这样的，想怎么过，那是你的事。我觉得，比起在这儿散布谣言，沉浸在对世界谎言还是真理、我该如何对待这个世界的讨论来看，更聪明和更人性的做法是当时去找木拉，教育她一通。哎哟，你这些关乎世界的大问题啊！"

丽塔不说话了。她能反驳什么呢？没错，如果她处在尤里的位置上，可能什么都处理不了，也不会去找木拉，天知道还会有什么后果。

浓浓绿意，温柔小路，午饭之前的岛屿空无一人。

"你想不想步行到斯特列尔卡？"

他们下了马车。沿着路边，在树荫下走着。丽塔挽着哥哥的胳膊。他们在一起画面很美丽。两个人都又高又瘦，很挺拔，就像两棵年幼的枞树，丽塔这段时间长得飞快，两人都很俊秀和有气质。他们的脸盘儿很相似，但是五官毕竟是不同的。尤里是一双金褐色的眼睛，更快乐些，也因此更有魅力。丽塔瘪着嘴，目光严肃，脸色苍白，甚至比哥哥还愈加显老。

"丽塔，快看，多美呀！别想你那些烦心事了！一旦开始害怕，那就结束不了。什么事都可能发生的！比如忽然来场雷雨，不小心折断了一棵树，树轰然倒了，结果把你砸死！但是现在还没有雷雨，我们都还健康地活着，那为什么我们不往右看，欣赏欣赏那些帆船呢？看到了吗，太阳下的桅杆多么美啊？金灿灿的！"

丽塔看了一眼，笑了。没错，金灿灿的。可毕竟……

他们来到了海边。这里停着几辆轻便马车。拉车的骏马们不停地踢着马蹄，不时地抖一抖，浑身上下的马具吵嚷着乱响一通。有人沿着斯特列尔卡散步，打扮漂亮的小孩子们在跟小狗狗玩耍。

"快看，那是谁在那儿坐着呢，就那，那条凳子上？"丽塔迫不及待地轻声问，"就在那儿，拿着报纸，穿着大衣的那位！"

尤里眯缝着双眼。

"不认识……等一等，好像是那个……季季姆的侄子。你去哪啊？一个瘸子对你有什么用呢？"

是啊，有什么用呢？但是丽塔已经向那条凳子飞奔而去，什么也没听见。

"奥列斯特·费多洛维奇，您好！遇上您真是太意外了！"

瘸子站起身来，礼貌地看着小姑娘，没认出来。

"是我，丽塔，尤丽塔·德沃耶库洛娃，伯爵夫人的外孙女……还记得吗？"

奥列斯特笑了。

"没认出来您。我有一年多没见过您了。您变得……您长大成人了。"

"当然咯！季杜夏怎么样？为什么他很久没到我们这儿来了？"

尤里走上前来也打了个招呼。

几句寒暄之后丽塔安静下来：没什么可说的了。他们和奥列斯特彼此愉快地望着，丽塔也觉得奇怪：本来是她跑到他面前，本来她心里有很多话，很多问题，很多故事，但是此刻没有一句话适合他们。其实，这没什么。奥列斯特看着她，仿佛明白她不说话的理由，仿佛知道，她跑到他面前不是为了乏味的寒暄，而是为了保持沉默。

尤里说了些什么，他们没听见，片刻之后，他们就分道扬镳了，他俩都微笑着，没说一句话。

丽塔漫不经心地望着前方，脸上还久久挂着笑容。

尤里注意到了她的笑容。

"我还不知道,你竟然还记得这个瘸子。他有什么让你着迷呢?"

"着迷?是的,季杜夏也让我很着迷呢。"丽塔说道,神情变得很严肃。

尤里无辜地耸耸肩。

"是啊,他们很普通。一群老顽童。你的季杜夏只要还有力气就更想集中精力研究自己的科学,以免落伍。不,全都是故弄玄虚。我不久前听说过他们一些事……只是不记得了。还是孩子啊。"

"季杜夏还是个孩子?"

"当然。一看他就知道。"

"那又怎么样,这难道不好吗?"

"当然是不好。你也别自作聪明,亲爱的。不要忘记那些老生常谈的真理,它们都是最真实的:'幸福的人啊,年轻时青春;幸福的人啊,成年时成熟。'[1]"

"你总是在嘲笑,尤里!"

"小姑娘!我保证,我是认真的。"

"你什么事都嘲笑,尤里。"

他停了下来惊讶地看了她一眼。

"对你来说所有事情都是游戏,游戏。"她继续,嗓子里分明哽咽着。

"我倒是有个办法,妹妹。咱们回家吧。你应该是累了。我准

---

[1] 此诗句出自普希金诗体长篇小说《叶甫盖尼·奥涅金》第八章第十节。——译者注

备三天都不笑了,只是希望你现在别哭了。"

他们加快脚步去找利帕特,他在桥边等着他们。丽塔一路上都沉默不语。后来她叹了一口气,稍作镇静,用勉强听得见的声音说了一句,似乎是在回应自己的想法:

"还有娜塔莎……我认为,她是一个……管她什么样呢!她现在应该是走了……"

尤里很高兴找到了一个转移话题的借口,刚才的谈话让他心烦意乱,也很扫妹妹的兴。他开始聊娜塔莎,讲述他脑子里闪现的有关她的事。他记得,以前她不是现在这个样子,比现在更漂亮。那张痛苦、凶巴巴的脸……和她很不相配。

丽塔认真听着。他们找到马车坐了下来,尤里还一直在谈着娜塔莎。他很喜欢聊她的事和思念她。一瞬间,突然觉得很高兴,因为她走了(大概是和米哈伊尔谈崩了),还高兴的是,她似乎比很多人聪明,仿佛能理解尤里经常说的那些普通的事情,也是眼前这个妹妹一直搞不明白的那些事。

"娜塔莎她很可爱,"尤里语气很坚定,"我现在似乎比以前看得更清楚些。她只是生病了。她也想好好地生活,开开心心,可是不行,她吃什么都没胃口。病人吃什么都没味儿。她现在在哪儿呢?在国外吗?"

"不知道,应该吧。"

马车跑得飞快,一团团热风吹拂着面孔,有节奏地敲打着松紧带,丽塔轻轻按住自己那顶大帽子。

"快冬天的时候我要去国外,或许,能找到她。"尤里继续说,"我想帮帮她,让她心情开朗一些……我大概能做到;她很聪明。"

"而且很漂亮,她高兴的时候非常美丽。"他继续回忆着。甚至忘了丽塔,他的思绪一直在娜塔莎身上。他喜欢娜塔莎。

丽塔,大概也忘了这位同伴。她甚至也没有看路。马车正经过堡垒,在一排灰色的肮脏墙壁旁一闪而过。堡垒被抛在身后,它那威严的尖顶闪着淡金色的光。他们来到了家门口。

"不,"丽塔突然大声说,"我是信上帝的,相信上帝。"

她在回应自己什么呢?

尤里听见了,但也可能没听见。他漫不经心地拉长声音说道:

"随便你啦,亲爱的,随你呢。瞧,我们到了,到了。"

尤里使劲拍打着嗤鼻作响的马的背,和利帕特聊了几句就往上跑去。

待不了多久,他只是顺便看看父亲和伯爵夫人,然后要回自己的岛上学习。他很愿意也很努力地学习,忙忙碌碌让他很欢心。

他想起来,早上丽莎寄来一张愚蠢的便条,请他今天一定过去一下,她需要抱怨抱怨:"你的女裁缝很让人讨厌……"尤里很是意外,心里有些不悦:那么,也就是说,赫霞直到现在还在那胡搅蛮缠么?但是,该走了啊,应该适可而止啊。是的,或许,她还没整理好,因为丽莎接着又写道:"这个科诺尔总是不凑巧地过来闲逛。老早以前来了一次不知是喝醉了，还是我已经不记得什么原因了，一直拉着我坐那儿哭诉他的命运。顺便说一句，他说：您别信尤里的，他根本不爱您，我现在知道他爱谁：一个高个子、蓝眼睛、浅黑色头发的女人。他说，他们彼此相爱。他说，他们一直是彼此相爱的，而只有我一个人是不幸的。然后就走了，走了。我当然不会在意他的那些蠢话，但是我倒是很想知道，您认识的这位浅黑发女人是个什么样的人，您爱谁……"

早上尤里快速浏览这张便条的时候，他什么也没明白，而且也没在意。但是，现在回想起来，他突然明白了，暗自笑了。

是的，当然！这个科诺尔，黏上赫霞以后，如今也经常和顶顶优秀的雅科夫打成一片。而雅科夫一直偏执地认定，尤里和娜塔莎彼此有好感。这就是那个高个子的浅黑发女人！

尤里以前怎么没有想到：显然，是雅科夫自己爱上了娜塔莎！只是他不敢说出来，况且也没那个胆儿。

"这也算爱情！"尤里鄙夷地冷笑道，"如果有的话，也只会是不怀好意的丑恶勾当，而不会是爱情！"

好吧，尤里今天不去丽莎那儿了。让她见鬼去吧，不会崩溃的，让她再等等。今天要回家，回家，学习。现在他还有一项全新的快乐的娱乐活动，那就是思念娜塔莎。其实她选择离开是很聪明的，可以远离纠缠不休的雅科夫和窝窝囊囊的科诺尔这类人。聪明，还很美丽。他喜欢上了娜塔莎。

第二十七章 未收到的信

一只昂贵而平整的大长信封。大概,是伯爵夫人的,从桌子上掉下来的。信封里装着一张浅灰色红格纸,是从厨房记账簿上撕下来的。整张纸乱七八糟地涂满各种签字,都签得很用力。

"尊敬的伊利亚·科尔涅伊奇!给您写这封信,正如您所说,您的主人很严厉,如果写信,要放在邮局待领,并标注 И. 和 К.[1] 后来,您没来,我不怪您,因为我不需要任何人。如果您是一个喜欢到处走走,然后摆摆手就再见的人,那我倒真是无所谓,您别多想。

"昨天和今天,我一直在哭,因为万一有人发现我,我主要是害怕斯捷潘尼达,她很霸道,她若呵斥起来,那就要从这儿直接滚蛋了。其实,就像在您那儿聊天时候说的,当时伊万·马克伊奇在,以前的管家也在,是尼克林日的前一天,您说,'我还没那

---

[1] И. К. 是伊利亚·科尔涅伊奇名字和父称首字母简写。——译者注

么下流。'也就是说，为了不让我受折磨，您会把我嫁给一个有孩子的鳏夫。这个斯捷潘尼达不会放过我，一旦她发现我，就会把我吃了。但是，我不怕她，我自己就会告诉她，我不是这样的人，我无所谓，也不会去找男伴，有必要告诉她。最后，无数次吻您，亲爱的朋友，伊柳沙，急盼您的回复，您的熟人，玛利亚·苏哈列娃。"

就是这样的一封信。六月十三日到的邮局，待取，但是没有收信人。尤里甚至忘了曾和玛莎聊过自己严厉的女主人，而且给他写信只能是邮局待取的方式。他或许都不知道，玛什卡是否识字。

他很久没去找过她了，这是事实；最近这段时间也顾不上，完全不记得玛什卡了。

他若想起来，就一定会去。但是什么也没发生，他也没出现。而高傲的玛什卡也不会再写第二封信。她不知道，第一封信还孤零零地躺在光洁的信封里待人来取呢，却没人来取。

玛什卡还有很多事不知道。但她仍然感觉到，即使她的伊柳沙消失了，他毕竟不是一个"下流的人"，只是她的命不好罢了。

第二十八章 末　日

九点钟。

昨天一路奔波过后，丽塔睡了很久。她很累，而且一晚上都在想啊想……都是些奇奇怪怪的想法。

这间白色的小卧室有点暗，尽管窗帘是白色的。或许，今天没什么阳光。

"小姐，小姐！"

丽塔睁开了眼。格利克丽娅像个蜥蜴一样悄悄溜到她床边。站在那儿，抽泣着，腰间刺着白色文身。

"怎么了，很晚了吗？你为什么不叫醒我？你怎么了？"

"小姐啊，小姐！我们倒霉啦！早就想叫醒您，没敢呢。"

丽塔穿着长睡衣，光着脚，从床上跳到地板上。

"噢，怎么了？出什么事了？"

"坏消息，他被捕了，主人被押走了。""爸爸吗？"

"什么啊,小姐。上帝保佑……是大少爷。我们的小心肝儿,我们的红太阳,尤里亚·尼古拉耶维奇。"

格利克丽娅浑身发抖,一边哭,一边喃喃地说。果然如此!丽塔想,但是她自己也不知道"此"是什么,又为什么"果然"。

"格利克丽娅,说详细点儿。这么说他是在这儿过的夜?"

"不是这里,不是这里!是从瓦西里耶夫斯基那儿,从那个房子押走的。半夜的时候。在那儿结束后就来这儿,到他的办公室去了。正在翻寻一堆书和纸。"

"什么叫正在翻?在这儿吗?"

"从七点多就在这儿了。大厅里有士兵。接二连三带着文件去找老爷,意思是责令搜查尤里·尼古拉耶维奇的办公室。"

"爸爸怎么说的?"

"能怎么办呢?他只是摆了摆手。一点办法也没有。其他人的屋子都没有动,只是下令到尤里·尼古拉耶维奇的那间办公室,也就是他住的地方。他们一共6个人。我的天呢,太倒霉啦!"

"那你怎么知道他被捕的?"

"我就是知道了。我听说的。亲爱的小姐,接下来可怎么办呀?"

丽塔浑身抽搐,一会儿扯下袜子,一会儿拽下衬衫,她身上穿的衣物全都脱下来了。

"外婆怎么样?"

"还没给伯爵夫人打电话。谁也不敢告诉她。家里出这样的事！他们好像有两个人，一直坐在大门口和过道。挨个儿审查。八点多钟，从家具店来了一个头儿，他给伯爵夫人送账本。这不，他们刚刚电话确认，他是不是从商店来，来找谁，是不是找尤里·尼古拉耶维奇。"

"格利克丽娅，"丽塔语气虽然很平静，但是脸色煞白，就连那双光着的脚也没了血色，"今天周几？周二吗？"

"是周二。亲爱的小姐，请您把衣服穿上吧。已经九点多了。"

"九点多了？"

丽塔浑身发冷。她还没搞清楚状况，也还没明白自己的一个新想法，而这个想法已经把她压垮和僵化了。

有人坐在尤里的房间门口，在前厅。电话核实身份。九点多。周二。最近的一个周二。

半小时后米哈伊尔就会来。会来吗？无所谓，可能会来。会来的，会来的。可他不能来。

有一点很清楚：他会来，但是他不该来，这一点在丽塔的心里打上了深深烙印，其他什么也没有。

格利克丽娅默默地看着小姐：还没过五分钟，丽塔就穿好了衣服。她迅速从容地从柜子里拿出一件旧的短款连衣裙，像以前小时候一样，把没有光泽、蓬松的头发散开。还没告诉自己该怎么做，就已经在做了。

"格利克丽娅,听着。你跟我走。把那个带松紧的黑色圆帽给我。"

格利克丽娅一屁股蹲下来了。

"小姐,您要干吗啊?您这是要去哪啊?哪也不能去的。我可不敢啊,我亲爱的小姐。"

"你跟我走,"丽塔重复了一遍,"你送我去上音乐课。老师病了,不能出门,我自己过去。明白吗?"

"我的老天啊,哪冒出来一个老师啊?我从来没送您去过啊。我不敢呢,小姐……"

丽塔咬牙切齿,一把抓住格利克丽娅的胳膊。

"你不走吗?你不会说吗?没有老师吗?你最好记着:尤里要出事了。你要不走,也会出事的。我知道我在做什么。"

惊愕的格利克丽娅完全吓瘫了,嘴巴一开一合。但是丽塔已经没心思理她了:她要走了。

丽塔跑进空无一人的昏暗大厅,抓起一个烫着 music 金色字母的旧文件夹,上面夹着很多旧的乐谱,她正了正鬓发上的黑色圆帽,进了走廊。

格利克丽娅肩上已经搭了条薄围巾,在那儿跑来跑去。

"小姐,要不下雨就好了……只好穿条裙子。"

丽塔没说话,走向前厅。

"小姐,要不,走后门……"

是啊，为什么不走后门呢？不，丽塔不想这么做。家里的仆人也还是会拦住的，他们会奇怪，伯爵夫人也会发现的……即便不会发生，也还是单纯觉得，最好不走后门。

在半明半暗的偌大前厅里人们徘徊又徘徊。大家都欲言又止，格利克丽娅则喃喃自语。丽塔本来把夹着乐谱的文件夹递给了某个人，结果对方礼貌地回避了。

这会儿小姐和女清洁工已经站在楼梯了。

"我的天啊，老天啊！该往哪儿走呢？往左还是往右呢？天呢！得猜猜啊，到底往哪走才能碰得上？"

她觉得，如果他们碰不上，如果他从另一个方向来，上楼来找小姐，那他们就会来找她，会通过电话调查他的情况，那结果就更糟糕；也可能，会非常非常糟糕。可如果没有跑个迎面，也有可能，一切会躲过去的。还是躲不过去呢？

"我的天啊，老天啊！到底是往左还是往右呢？"她最近一次偶然从阳台发现他过来的时候：走的是右侧。那要不要让格利克丽娅走一侧，自己走另一侧呢？不，不行，这个行不通。格利克丽娅什么也不明白，她会把他放走，而又把丽塔丢了。

丽塔感觉双腿开始像棉花一样发软，内心恐惧、翻江倒海。

"我的天啊，我的老天！那么他从右，我就向左吧。老天啊，求你保佑！"

她往左走了，两腿软得像棉花。

格利克丽娅拖着步子跟在后面。今天天色很暗淡，泛着白。风一阵阵扬起鹅卵石状的灰尘，直逼双眼。空荡荡的大马车发出轰隆轰隆的声响。四轮大车上男人们耷拉着双腿晃晃悠悠。人行道上人烟稀少。往前走啊走啊……沿着丰坦卡这可到底要走到什么时候呢？万一他走胡同了呢？

"我的天啊，不，全毁了！我这是怎么搞的啊！"

就干脆在这儿待着，停下来，在河道的栅栏旁，拿着music文件夹，不知道，不知道会发生什么。

他出现了。是他，是他！他从胡同过来，他的帽子是黑色的，走路略有点驼……他最近像个演员一样把胡子刮得很干净，不是很好，但的确应该这样。是他。她恨不能横穿马路一路飞奔到他身边去，可是双脚在这节骨眼上不听使唤，有些僵硬，她克制住自己，稍作镇静，只是加快了脚步。

他在看，可能认出来，也可能没认出来。怎么辨别呢？头发、黑色圆帽，帽子下一张严肃苍白的脸。她这时候应该会出现在街上吗？

她已经离他很近了。格利克丽娅落在后面。

"别过来……别到我们这儿来。我跑出来迎迎你，能遇上真是太好了。我的天啊，谢天谢地……"丽塔气喘吁吁的，然后轻声说道："他们在尤卢里亚那搜查，他已经被押走了，那些人还坐在前厅里。请您往回走！"

他迅速地看了她一眼。

"谢谢……亲爱的。再见吧。"

"只是还想知道你的情况。以后的情况。随便用什么方式都行?"

"好的,好的,别担心。我不会忘了的,会找到办法的。"

"或许,季杜夏……"

"谢谢,是的,我知道。亲爱的。"

他拐弯上了大桥,继续直行,转眼间就看不见了。一切发生得非常快,他已经在拐角消失了,而格利克丽娅这时才来到她跟前。

"小姐,好像是您老师……"

"别说话,格利克丽娅,你听着……任何时候不要和任何人说一个字!你只要说一句,我们的尤里就得死了,死了!你冲着教堂向我发誓!"

随后,她把这个心乱如麻的女人拉进右侧米哈伊尔刚刚出来的那个胡同。

"我的妈呀,小姐……您这是干什么……难道我不爱尤里·尼古拉耶维奇么……我发誓,若不是这样我会遭天谴啊,我不得好死啊……"

她在围巾下频繁地画着十字,盯着屋顶上空远处隐约可见的一座教堂的金色十字架。

现在马上折回家还不行：太早了。家里等待她们的是什么呢？丽塔已经不害怕了。她连想都没想。最主要的事做完了，就算伯爵夫人要把她切成碎块也无所谓了。况且，不会切的。主要的事做成了，这意味着还比较幸运，也就是说，一切都会顺顺利利的。

她们在丽塔不太熟悉的一些街道和胡同里来回游荡，很害怕、很荒唐，也很新奇。过了多久了？

"小姐，该回去了吧……上帝保佑。"格利克丽娅苦苦哀求。

她们从另一侧朝房子走去。

"小姐，我们应该走第二个后门楼梯，老爷门口那个！"笨笨的女清洁工恍然大悟。从老爷那边的楼梯走，穿过冷菜厨房往我们那边去。不过也有可能，他们全都走了。

丽塔不再设想了，就随格利克丽娅吧。

她们侥幸走过去了。尼古拉·尤里耶维奇那侧一个人也没有，甚至连一个仆人都没有。穿过昏暗的过道和走廊，丽塔摘下帽子，塞在格利克丽娅的围巾下，来到自己的走廊，站在自己的卧室门口。

一切都结束了吗？不是做梦吗？

丽塔脱掉那件陈旧的短款连衣裙，把头发挽起来。她的双手还在发抖，大概，是拿厚文件夹累的。她一直自己拿在手里。

格利克丽娅又过来了。

"亲爱的小姐，他们走了，大概不超过十分钟，运走了大包大包的包裹。"

"外婆呢？"

"伯爵夫人非常伤心。老爷尼古拉·尤里耶维奇，还有莫杰斯特·伊万诺维奇都在那儿呢，还派人出去找什么人。他们还问起您，我跟他们汇报了，说您在睡觉，没出过卧室。老天保佑。他们发现我不在就开始找起来，而我……"

丽塔已经没在听了，应该立刻过去一趟。

她敲了敲伯爵夫人的客厅大门。

"谁啊？Entrez（请进）！"

伯爵夫人直挺着腰板、浑身精瘦，皱着灰色的眉毛，坐在自己的高靠背圈椅上。

在她的对面，丽塔见到了父亲；这一点很不同寻常，父亲从来都不到岳母这儿来的。他拄着拐杖，身着柔软的家居短上衣，患疾的双腿套上了靴子。窗边是莫杰斯特·伊万诺维奇。他是一个退役将军，一个老好人；伯爵夫人的老相好；长年栖居在这里，在伯爵夫人的偏房；伯爵夫人寂寞无聊或者寻求建议的时候经常会去找他。而实际上，莫杰斯特·伊万诺维奇也给不出什么建议。

伯爵夫人弹了弹手帕，嗅了嗅盐。

"您刚刚在哪儿啊？"当丽塔走到她跟前亲吻她手的时候，她冷冷地问道。

丽塔好像当头一棒。她怎么会指望，一切都会顺利过去呢？

但伯爵夫人又接着说：

"家里发生了不幸的事，您的亲哥哥遭遇这么不幸的事，这样的不白之冤，您这样一个大小姐在自己的房间里闭门不出、慌里慌张，不觉得羞愧吗？您太懦弱了！看看您自己：面无人色！"

面色苍白如纸的小姑娘内心一高兴，脸又刷地红了。上帝保佑，谢天谢地！太好了！

她默默地和父亲打了个招呼之后就坐到了旁边。伯爵夫人再也没有注意她了。

"是的，我需要这样，很需要！"她继续威严地和尼古拉·尤里耶维奇对话，"您必须为您的儿子做一切可能和不可能的事。您的病……这根本顾不上您的病。您想去哪就去哪儿吧，明天就走，或者后天……没有联系了？说明有过联系。那就再把这些关系恢复起来。哼，Ah! mais c'est inouïe（真是闻所未闻啊）！没说一声就直接登家门了，我们这可是正派人家……还是这么优秀、这么优秀的一个年轻人。如果当今社会这样的青年能造反的话，那就意味着，我们是革命者掌权。是的，我已经很老了，不怕说真话。没错，是革命者，他们不需要真正的祖国子孙，他们把他们吸引来，然后又弃置不顾……"

"Madam la comtesse（伯爵夫人女士）。"腼腆的莫杰斯特·伊万诺维奇吓得开了口。

"我不是害怕，我亲爱的，不害怕……仗着这些自由他们都变糊涂了，抓人的就像一群醉醺醺的家仆……这就是他们颂扬的民主……不可能就这样坐以待毙。哪怕无论如何告知国王殿下……"她用手帕扇着风，"年轻人没有母亲。而您，尼古拉·尤里耶维奇，如果连最起码的父子情也没了……那我就把它们逼出来，唤醒你的父子情。"

"但是，伯爵夫人，我准备好了。"尼古拉·尤里耶维奇开口了，"我自己很震惊。我很绝望、也很伤心，况且还完全病着。我只是昨天和今天才可以走动走动。我没法集中思想。"

"准备准备，立刻动身吧。"

"可是去哪呢？找谁呢？应该好好想想。或许，最终，这全是……une fausse alerte（一场虚惊）。或许，明天就把他放出来了呢。"

"您真是太冷酷无情了！"伯爵夫人高声咆哮，"他还指望这群糊涂的警察突发奇想放了这个不幸的受难者吗！C'est le comble（这是痴心妄想）！不，我还活着呢。还有地方可以讲道理的。您出发吧！"

尼古拉·尤里耶维奇完全吓傻了。他那刮得干干净净、软软乎乎的面颊在颤抖。

"我就走，伯爵夫人。我会为我不幸的儿子做一切的。但是……我有一个想法：现在有新的制度……嗯……好像是新的体制……在开始……nos démarches（我们的行动）之前……要不要和瓦列利扬·雅科夫列维奇,也就是瓦洛宁商量商量呢?他是议员……并且 il est très bien vu(他人很不错)。还是亲戚。"

伯爵夫人想了想。

"可以去找他,当然可以去,但是这并不影响您这边的行动。议员,议员……无论人们怎么看他,就算他是议员,他也没什么。我们需要当局的人,而不是议员……"

丽塔回自己那儿了,一整天她就一个人坐在教室里,既不看书,也不想事。

格利克丽娅过来悄悄告诉她,伯爵夫人那儿的人林林总总,而老爷尼古拉·尤里耶维奇他们乘马车出门了,不过很快又都回来了。

又过了一段没头绪的日子。固执的伯爵夫人也没人敢问津。

她怒火中烧,愤愤不平,每天都在不断地差遣尼古拉·尤里耶维奇,她写信,和一些年迈的将军们商讨对策,但似乎一点成效也没有。尼古拉·尤里耶维奇连跑了三天,第四天病倒了。他其实知道,只要稍微好一点就又要出发;伯爵夫人一天三次询问他的病情,甚至亲自来看,他是不是在装病。

这位议员瓦洛宁,也就是"瓦隆卡舅舅"过了两天才过来,他的行为举止很奇怪。来的时候心慌意乱,样子凶巴巴的。他也参与讨论,但是一直左顾右盼,仿佛被吓得六神无主,垂头丧气,蒙受奇耻大辱。

伯爵夫人怎么也想不到，舅舅他自己也摊上了麻烦事：丽莎被意外地搜查了。他们什么也没有找到，也没有动她，但是当瓦隆卡舅舅来的时候（幸好不是在搜查那天晚上！）丽莎痛哭流涕，慌慌张张地浑身发抖，最终一切也都水落石出：他们来搜查是因为女裁缝的事，而女裁缝是尤里举荐的；女裁缝最后一晚没在家里过夜，彻底离开了，带走了自己的东西，包了一个包袱走了。丽莎的眼泪和绝望让瓦隆卡舅舅意识到尤里和她的心贴得很近。面对丽莎为尤里的苦苦哀求，他态度很冷淡。舅舅此刻能做什么呢？逮捕了就是逮捕了。

有一件奇怪的事：丽莎的寓所里有尤里一个房间，但这一点没有被任何人发现。他能从那里把指向他的一切全都带走并不是偶然。搜查的那天晚上，丽莎没睡在自己的卧室而是在尤里的房间里也绝不是巧合（若她确认他不会来的时候，她喜欢在那屋睡）。

这间屋子没有人觉察出来，况且瓦隆卡舅舅目前掌握的情况已经让他很低落了。他曾经对丽莎纠缠不休；但是……一段不光彩的历史，很不光彩！千万可别再把他卷进去了？

伯爵夫人最后把他大骂一通，就差把他赶出门了。

"你们看看吧！这就是议员！"她后来抱怨，"或许以前是个聪明人，但是当了议员以后，就像火上烤的鲫鱼一样翻来覆去，说话含糊不清，一句有用的话也没有。看看周围，都是些胆小鬼，不是人。把所有这些议员都关禁闭吧,这才是有意义的事。"

丽塔游游荡荡,像个幽灵。她好几次想和自己的外婆说点什么,却始终没敢。

终于得到了消息:尤里关在堡垒。

伯爵夫人瞪着那双严厉的圆眼珠子望着外孙女宣布:

"您哥哥在半月堡。总算是真相大白了!La forteresse(堡垒)!我现在不会有什么担惊受怕的了。但是,我们还是应该花些精力。他应该被释放的。"

丽塔回想起他们当时从岛上过来的时候路过那座堡垒。脏兮兮的灰蒙蒙的城墙。普普通通,再熟悉不过。而尤里如今就在那座城墙后面的某个角落里。当然,不是只有尤里一个人……

尤里,无所谓,为尤里不必担惊受怕,外婆说得对,没什么好担心的,况且会有人设法营救尤里的。但那不是只有尤里一个人。如果……怎么办?

"外婆,"丽塔终于下定决心怯怯地说,"季杜夏……季季姆·伊万诺维奇有没有来找过您?他可能会有些什么建议……"

伯爵夫人看了她一眼。

"季季姆?没来过。Mais vous avez raison, petite(您说的没错,小家伙)。他非常聪明。不妨问问他,他在这类事情上总是有一些独到的见解。他很久没来过了。一个怪人,mais est très fort(但非常坚定)。"

伯爵夫人陷入沉思。之后她说：

"让他到皇村吧，我们后天搬家。"

"我们要离开了吗？怎么呢？"

"从那儿办事更方便些。对您父亲来说也更好。他需要去找谁都是从那儿出发的。事情似乎进展得还不错。Ne vous tourmentez pas, mignonne（别太伤心了，小家伙）。"她郑重又温柔地补充了一句。"Vôtre pauvre frère nous sera rendu（您那个可怜的哥哥会回到我们身边的）。"

丽塔想了想，给萨瓦托夫写了一张便条。只是说，伯爵夫人想见见他，他们将搬去皇村。除此之外她没敢添加任何内容。

第二十九章　咸海和绿海

丽塔坐在花匠房屋门口的台阶上。旁边是拉伊齐卡，花匠的小女儿，丽塔现在一个夏天教她学会了字母。还有一位上了年纪的老太婆，围了一条深色的新围巾靠在台阶的扶栏上。她叹息着，眼睛望着菜园里一畦畦的果实，远处泛着一条条红色霞光。老太婆的面容平静而满足。

这是花匠妻子安纽塔的母亲。她到女婿家来做客。花匠已经很老了，但是他的妻子很年轻。她当过服务员，很时髦，而她的母亲，是个农妇，大概是坦波夫州的。

伯爵夫人的别墅结构是旧式的；别墅庄园，不是城市里的那种楼房。别墅面积很大，非常开阔，花园和庭院都相当多；花匠住的小房子后面是菜园，种着草莓和维多利亚果[1]。丽塔很不喜欢摆着花和挂着帆布窗帘的凉台，很无趣。她一心向往到这花匠

---

[1] 维克多利亚果是草莓的另一个品种。——译者注

门口的台阶上,她喜欢落日余晖下一望无际的菜园,小姑娘拉伊齐卡她也很喜欢。安纽塔太机灵了、心眼儿多、毕恭毕敬的。而丽塔和这位老太婆瓦尔瓦鲁什卡在一起则更自在些。

"姥姥昨天给我讲了一个童话故事。"拉伊齐卡闲聊着,"很好听的故事。"

"是吗?瓦尔瓦拉?"丽塔问,"你知道童话故事吗?"

"嗯,我们的故事都是乡下的,小姐。也都忘光了。我们这些老太婆,以前知道的可多呐。可是,现在的人呐不会讲什么故事了。"

"妈妈就不会讲故事。"拉伊齐卡又淘气。

"可你娘不是在给你读书里的故事嘛。你就读呗。"瓦尔瓦鲁什卡叹了一口气接着说,"你们这日子,你们这日子多好啊!安安静静的、要啥有啥的。还这么干净、僻静。我的安纽塔刚一来到这儿,我是咋看也看不够。女婿老了,和她比是老,这没什么可说的,但毕竟要啥有啥啊!跟着他过,闺女就像个公主。我们那儿呢,我的老天爷!哪怕是嫁了个财神爷,也已经看够了。"

"那这有什么不好的,瓦尔瓦鲁什卡。那就嫁个庄稼人呗……生活在自己的故乡有多好。我不是说安纽塔,她可是城里人,我是指一般情况。如果丈夫也爱她,难道这样不好吗?"

瓦尔瓦鲁什卡发起愁来。

"小姐,您不知道我们那日子过的。本来该过得很快活,可现在日子算是过到头了。我们的男人们都过得很难，老太婆们更是苦不堪言。男人爱你！他是爱你，可要是喝大酒，你能咋办呢。喝大酒，还打人。听说，我们那一片儿以前有过不喝酒的男人，我记得是有过，可是现在这样的男人已经没喽。各地都一个样儿。俄国也耍起来了，开始喝大酒了，没什么烦心事了，老百姓打架，撕成一团，倒在沟里，直到现在还那样。"

拉伊齐卡笑了。

"你说得太奇怪了，瓦尔瓦拉。"丽塔开口说，"还有点可怕。其实，我什么也不知道。"

"说的就是啊，我的白小姐，你上哪知道去。我们过的日子很紧巴，我们不会让你看出来的。我们住在两片大海后面，两片没法儿漂过去的海：一片是咸海，是老婆子们的眼泪；另一片是绿海，是男人们的大酒。你上哪知道呢！你不知道的。"

瓦尔瓦鲁什卡说这些话的时候没有一丝抱怨，她的声音听起来很满足，甚至很快乐。老太婆饱经风霜，很有耐心，也很会讲俏皮话。

但是，丽塔想换个话题。

"你的男人还健在吗？"

"已经是老头子喽！活该。喝酒喝的！"

"他还在喝吗？"

"哪还能不喝？去年夏天在季赫文斯基，我们从市场回来，他喝醉了，抓起我就打——迎面一位老爷家的马车夫勉强把他拉开了。活该老头子，结实着呢；坐过牢以后，这不，双腿开始有点瘸了。打那儿以后哇，就更是胡作非为：不管是过节还是平常日子。"

"他坐过牢吗？为什么？坐了很久吗？"

"挺久的，亲爱的，挺久呢。怎么会不久呢。先把他和一小批人都抓进去了，后来又把我最小的儿子，格利沙抓进去了。我们那儿所有的人，有什么法子呢？差不多大家都在牢里待过。有的人失踪了，谁知道在哪儿呢？我的小格利沙就是这样消失了；另外这个，这不，就给送回来了。老头子回来了。老天的安排。"

"什么老天的安排，我什么也没明白。"丽塔气呼呼的，"你快说说，为什么坐牢啊？是很久以前的事吗？四年前吗？"

"啥原因都有，亲爱的，各式各样的。那可不是吗？1904年前抓得老厉害。抓来一批人就丢进监狱，是这样的。有些人呐，说是会回来，这不，立马儿就抓其他人。格利沙我连面儿都没见着就消失了。半大小子，也没那么机灵。我们盼着他们回来；结果不仅没回来，连个音信儿也没有。不只是那时候，现在这也都是常事，亲爱的，很常见。你想想，现在大家都不坐牢了吗？坐的，亲爱的，也坐的。"

瓦尔瓦鲁什卡悠然自得地喃喃低语。丽塔已经没在听了，她全身软绵绵的。坐牢，坐牢……大家都是醉鬼，所有人都是苦役……没有一个不是醉鬼,没有一个不是苦役。有两片海:咸海和绿海。坐牢……老天的安排。

传来窸窸窣窣的裙子声,安纽塔不知从哪个犄角旮旯冒出来了。

"啊哈,您在这儿呢,小姐?好像是和我妈闲待着吗?想听听农村的俏皮话解解闷吗?"她虚情假意地飞快说道,"我老妈可是我们的大活宝哇!老爷们儿有兴趣,她会讲男人们的故事,还会唱歌咧……"

"好了,我要走了。再见,瓦尔瓦拉,再见,拉伊奇卡。"

丽塔从台阶上站起身。

"来客人了,小姐,来找伯爵夫人的。"安纽塔跟在她身后喋喋不休,"我刚才碰上格利克丽娅·斯皮丽多诺娃,她说的极有可能要待到中午。而利帕特出门赶火车去找老爷和将军了。说有什么还没看见,他们都还没回来。啊呀,天哪,天黑了!黑得太早了。才八月啊……"

丽塔穿过院子进了别墅。在宽大昏暗的前厅她问伯爵夫人身边的尼基塔;问的时候却想着另外一件事:

"谁在我们家?"

"萨瓦托夫教授先生来找伯爵夫人。"

季杜夏?天哪!总算是来了!第一次出现啊!过去多少时间了,他第一次来。丽塔已经放弃等待了。恍惚记得,他当时给伯爵夫人写信说他病了，还有其他什么。丽塔已经不指望了。

这就来了。这有什么可高兴的，丽塔也不知道，但就是高兴。

那要立刻跑到外婆那儿吗？——不行。外婆不喜欢这样。不行。他会留下来吃午饭吧？可万一他不留下来呢？

她往自己屋走，上了阁楼，捋顺头发，换了身衣服准备吃午饭。她现在住在最顶层，在尤里的房间。是她央求伯爵夫人的。

门口的台阶处有车轮响动的声音。这是尼古拉·尤里耶维奇刚下了火车，从彼得堡回来。耀眼的灯笼泛着白光。也就是说，马上就是午饭时间。

尼古拉·尤里耶维奇现在完全大变样，不是原来那个人了。他拄着伯爵夫人的拐杖开始出门，一开始完全吃不消，病倒了，但是伯爵夫人的拐杖却是不知疲倦的。尼古拉·尤里耶维奇明白这一点后就妥协了。起初是妥协，后来自己逐渐习惯了。走出来了，有活力了，变年轻了，脚也不敢生病了。的确，重新恢复了一些往日已有的关系，这一点让他很喜欢。他真心实意为尤里的事情斡旋，但只能循序渐进一步一步的；他发现尽管儿子陷入"不幸的突发事件"，可人们丝毫没有对他有什么轻视，相反，是鼓励、是安慰、是应允……这让他很高兴。或许，事情能顺利解决。尤里是对的，不应该沉沦。人们还在竭尽全力地回忆尼古拉·尤里耶维奇。

愚蠢的锣声响了起来。城里没有锣是可以的，但是别墅里敲锣自古以来就已经成为惯例了。

丽塔高兴地从楼梯跑下来,心想:留下来了,留下来了!马上就能见到了!

在木房子餐厅里两个寄食者都在(第三位不知道被伯爵夫人打发到哪儿去了)。尼古拉·尤里耶维奇来了,虽拄着手杖,但精神抖擞,最后是伯爵夫人迈着四方步从容地走进来,挽着萨瓦托夫的胳膊。

他——身材短小,脸色白皙,像一只鸟,但是礼貌端正,衣着得体。

"小姐都长成大姑娘了!完全是大学生了!"他半是诧异地拉长声音,和丽塔打了个招呼,笑了笑,用眼睛示意她是多么优秀、多么亲切和善良,丽塔高兴得红了脸。

"那就请您下季度把她带到您的讲习班吧,"伯爵夫人用法语说道,"我一点也不反对由您主持的讲习班。"

萨瓦托夫鞠了一躬,而兴奋不已的丽塔却咕哝了一句:

"哎呀,对啦,伯爵夫人。不过我还需要考试……"

大家都入席后,伯爵夫人冲着尼古拉·尤里耶维奇说起法语:

"Monsieur(先生),萨瓦托夫先生给我带来了一些非常有趣和珍贵的情报……我们饭后再来说这件事。"

她斜眼看了看默不作声的两个女伴。

谈话很平常。丽塔一直沉默不语,从远处抬眼看着自己的季杜夏,每次他都用深邃的、亲切的、博学的目光回应她。

咖啡被吩咐放在拐角的一间小屋里。两个寄食者坐在原地没有动,而丽塔则紧跟在伯爵夫人的后面。她想知道全部。

教授的确告诉伯爵夫人一些新的消息。他听说抓捕尤里之后,最近这些日子还抓捕了很多人,这些人似乎与在尤里那找到的一些文件有关;审讯还在进行,但是对尤里本人还未提起任何指控。如果指控出现,那么他们当然会掘地三尺翻出些旧账,可目前还没有什么比较确凿的证据,而且也不会有,因为有征兆显示,他们想把案子压下来,至少是针对尤里而言。

"是这样的,是这样的,我们一直在想方设法说情。"尼古拉·尤里耶维奇点头说道,"那您是从哪里知道这些的呢?"他加了一句,质朴地笑着。

"我也不敢说是确切消息。都是流言满天飞的。斡旋还是必要的,这两者毫不相干。"

"就说是吧,就说是吧!"伯爵夫人眉开眼笑,但依然保持着她的威严,"季季姆·伊万诺维奇,我们从他那儿获得一些消息。落到这些 geôliers(看守所人)手里的人,不过已经……物质生活上我们已经帮他安排到最好了。他也没有失去信心。是个不同寻常的青年!内心很强大!他写信说他很健康,也很平静。"

"他观察力还很敏锐,"尼古拉·尤里耶维奇说道,"他之后会给我们讲讲自己的狱中见闻。"

伯爵夫人摆了摆手。

"De grâce（行行好吧，发发善心）！饶了我吧！什么见闻啊？根本没人会对这些监狱感兴趣。我是老了，而且早就开始厌烦年轻人了。像一群疯子在社会上，在文学界跑来跑去：嗬，革命！喔唷，犯人！喔唷，这个那个的！他们自己也讨厌自己吧。C'est démodé（这一套早就过时了）。"

"您说得对，伯爵夫人，"萨瓦托夫说，"非常的 démodé（不合时宜）。这一点他们倒是不谈。但实际上全都是这样。革命者是这样，犯人也这样。哪怕是尤里。"

"我希望没有任何革命者……且不说当年采取的那些措施吧，他们自己圈里的那些勾当都……应该彻底消灭。如果政府还是那么愚蠢，继续逮捕和关押像尤里这样的年轻人，那政府就会更加糟糕。我把话放在这儿。这样的 gaffes（失误）不能永远持续下去。现在叛乱者在哪儿？倒是给我看看呢！敏感的政府最好把过去的叛乱分子也都放了呢。他们倒是该好好反省反省，或许再做些有益的、和平的事。"

"不过，说起大赦，或许还太早了。"尼古拉·尤里耶维奇鼓起腮帮说道。

"我支持敏感的政府，我亲爱的。我主张政府应该熟知……comment dites vous？（怎么跟你们说呢？）熟知社会现状。否则当大家都不想议论，不想听闻叛乱的时候，他们到现在还在抓叛乱分子呢!"

"是啊,谢天谢地,伯爵夫人,没人想这些事!"萨瓦托夫高兴地说,"尤里·尼古拉耶维奇白被抓进去了,您说得完全正确,我说过,不必要,完全不必要!"

"还有些乡下人……"丽塔突然冒了一句,她很激动,嗓子因为太久没说话有些嘶哑,"也在坐牢……不知道,为什么?"

"Comment?"伯爵夫人扬起眉吃惊地问,"什么乡下人?D'où prenez-vous tout èa?(怎么回事?您是从哪儿知道这些的?)乡下人,自然是因为酗酒和胡作非为呗。我曾经在哪儿读到过:农村都很放肆,没什么规矩。不过,这和我们说的事儿有什么关系呢?"

"这是特殊情况,特殊情况。"萨瓦托夫微微笑着中断了谈话,起身告辞。

"别啊,别走,您还早着呢……我叫人去备马……"

伯爵夫人打了个电话。

尼古拉·尤里耶维奇早已倦怠无神。他挂着拐杖站起身来前往自己的大宅院。

"多美的夜啊!还暖暖的。"萨瓦托夫看见隔壁房间那扇开向阳台的门的暗影说道。

"往花园里去很黑的。"丽塔急巴巴地说,"您看看,我们的阳台有多好啊!可伯爵夫人怕潮湿,每天晚上我们都不是在那儿喝茶……"

萨瓦托夫跟着小姑娘走。在这温暖的、四处芬芳的八月黑夜里，他们靠着栏杆停了下来。

丽塔的心怦怦直跳，她在努力寻找最简短、最合适的话，但是却一无所获。

"亲爱的，"老人悄悄说道，"你真聪明，很机灵。真不错。"

丽塔抬眼看着他。透过房间射出来的光线让她看清了他的脸，他慈眉善目，没有笑容。

"您，季杜夏……莫非知道怎么回事？"

"我知道，知道……怎么会不知道呢，能猜到。而且我还有个好消息告诉您……是关于您在想着的那个人。"

"没事了吗？"丽塔欢呼雀跃，"啊呀，我太高兴了！"

"下一次我再来，或许会给您捎来一封信。只不过您，小姑娘，这信……"

"我知道，我知道！"

"没错，我应该教教聪明人。"

"我会去找您的，季杜夏。我们马上要搬到彼得堡。"

"你们要来吗？怎么会这样？"

他沉默了片刻。

"难道我们想到一块了？这就是您说的考试。您是希望，秋天的时候我们能辅导您和奥列斯特？赶快，您到我们这儿来吧。这是个好主意!"

"季杜夏!太好啦!我能办到,我会很快。奥列斯特也不会有困难。只是外婆……"

"我会向伯爵夫人提议。"萨瓦托夫认真地说,"只不过不是现在。"

"太好了,我太高兴啦,太高兴了,好高兴。"丽塔像个孩子似的重复着,差点儿没跳起来。"啊呀,太高兴了。那件事办成了,这个也很顺利……亲爱的季杜夏!一切都会有的!世上太美好了!"

萨瓦托夫望着她灼灼生辉的双眸,本想给她泼泼冷水,但是他没这样做。他还是温和地笑了。

过了一会儿,她站在前厅,眼望着季杜夏穿大衣,找自己的方格厚围巾,她内心的喜悦久久未能消退。

事后想想,竟有些羞愧。一个小姑娘家,有什么好高兴的呢?世上太美好了!有什么美好的呢?她有心回想起瓦尔瓦鲁什卡。全都是苦役犯,全都是醉鬼……一片咸海,一片绿海……

那又怎么样?随便吧,以后再说吧,反正现在她很开心。她高兴的是,那件事做成了,上帝保佑!!她还会获得各种消息,还将和奥列斯特一块去季杜夏那儿,太开心了,开心!

世上真美好。暂时什么都没有,但是一切都会有的。一切都会有,这一点也很美好。

第三十章 公开的和秘密的

秋日里的天色一片灰暗。

而且慵懒：白日勉强睁开了双眼，徐徐地，迟迟地，张开灰蒙蒙无精打采的眼睛望了望，又闭上了。天色又暗了下来。黑暗是在流泪还是在流汗，无法分辨；但人行道上蓬头垢面的灯笼却在颤颤发亮。有光，但是脏兮兮的。别进去，会弄脏。

终于，这一时节发生了一件期待已久的大事。一大早，白日刚刚睁开困倦得上下打架的双眼时，尤里回家了。

他只乘了辆马车回来。他认为大家都还在睡着。结果呢，哪里睡了。人们狂奔到他跟前。格利克丽娅吻着他的手，泪流满面。丽塔匆忙地跑出来，衣衫整齐，跳起来挂在尤里的脖子上。五分钟以后，略微吃惊的尤里已经坐在餐厅里喝上咖啡了，伯爵夫人在场。更不同寻常的是，父亲也在场。伯爵夫人激动得竟流了眼泪，尤里从她那双干枯而有力的双手挣脱出来之后，又投进了父亲摇摇晃晃的怀抱里。这情景还在什么时候发生过吗?

在老房子里,虽然早就通了电,煤油灯也都换成了电灯,灯光还是特别地昏暗。阴暗的彼得堡白日里点上灯,那灯会泛着红,红成一团,没有光束。

餐厅里,尤里和他这些满心欢喜的亲人们头顶上悬挂着的灯就泛着这样一团红光,大家的脸色都有些发青,这是因为时辰还太早,天色和灯光交相辉映而成。奇怪的是,尤里倒是最红润的,尽管他几乎关了五个月的"dans un cachot(禁闭)",用伯爵夫人的话来说。

他的脸有一点点拉长了,但依然宛若少女般柔嫩,那双金褐色的眼睛和以前一样熠熠生辉。他的头发剪短了,但额头上有一绺卷曲的褐色头发。

尤里说话很少,他愉快地仔细端详着大家的面孔。毫无疑问,父亲变年轻了。他现在还随手拄着拐杖只是为了显出自己的威严。丽塔变老了。不是长大了,而是变老了。看上去不像是二十岁。脸色苍白、表情严肃、裙子颜色也有些深。但依然很美。只不过和原来的她有些不一样。

一见面,大家海阔天空地聊了一番,不时穿插着各种各样的问题和回应,随后伯爵夫人立即向尤里宣告了自己的决定。实际上,她把这决定称作建议。

伯爵夫人认为尤里现在最好是到国外待上半年甚至一年。当然，如果他还是留在这里，也可能会很太平：谁也不敢再动他一根手指头。也可以的。但是，留下来有什么意义呢？Dans ce pays de（在专制）的国家……身体虽说是没受什么损害，但是如果不及时做打算，还是会有影响的。

伯爵夫人像往常一样直率地补充了一句，说"旅行的费用"尤里可以不用担心。

丽塔看了看哥哥，她莫名地认为哥哥是不会同意的。假如他不同意，她会很开心的。

但是尤里却欣欣然站起了身，吻了吻老太太手上的戒指。

"还有什么比这更好的呢，chère, chère madame（我亲爱的，亲爱的夫人）？我该如何感谢您为我操的所有的心呢？我自己也想离开……去德国的什么地方；我想学习。如果不能在德国安身，那么就去巴黎，还是去 X 的实验室。"

"随便您去哪，我的孩子，"激动不已的伯爵夫人说道，"您这么钟情于学习是很值得尊重的，但是要记住：您还需要休息。"

尤里默默地笑了。那是当然！当然，他既要学习也要休息，什么都需要。

离开，牵动他离开的还有对娜塔莎的思念。在这漫长的几周里，他没有忘却脑海中涌现出来的对娜塔莎的美好向往。他也非常高兴他没有忘。只是娜塔莎在哪？在哪里能找到她呢？哪怕是谁给他大致指指方向呢。在巴黎？未必吧。

就这样决定了，尤里一周以后离开。走得越快越好。尤里满不在乎地轻松聊起他的狱中生活。但伯爵夫人还是皱着眉头，显然她的神经受了很大刺激，即便是：事情已经过去了。尤里停下来不说了。

什么时候才能单独和他待一会儿呢？丽塔太需要，也太想这么做了。他还是老样子，但是，有太多的话应该告诉他，也有太多话想从他那儿知道；他还是和以前一样的，但又不完全是，他还是老样子吗？丽塔发现他右侧眉角上出现了皱纹；尤里沮丧或者烦心的时候就会出现皱纹。

她不是想听狱中的见闻。让他的那些故事随它们去吧。不是的，是其他事情。

但是，她内心很惶恐。所以当尤里回自己房间洗漱就寝以后，她没敢去找他。好吧，让他休息吧。

早饭是一起吃的。但是早饭过后已经备好了马车，她要去上课。丽塔只身前往彼得堡区萨瓦托夫的家。准备考试。

午饭也是一起吃的。但是午饭过后尤里去父亲那儿了，之后就不知去向了。

丽塔很心慌，也很不解，过去三天了，她一直没找到机会和哥哥聊一聊。他丝毫没有回避她。有一回，似乎连他自己都准备上前来叫她过去，大概是吧，可是她没有领会。

伯爵夫人安排了一顿隆重的早餐，为了庆祝"失而复得的儿子",她是这样说的。来了许多形形色色的将军,重要的、不重要的,军人和非军人。还有"瓦隆卡舅舅",他刚刚从庄园回来要去参加议会开幕式。当然,出席的还有忠实的莫杰斯特·伊万诺维奇。伯爵夫人还想叫上萨瓦托夫,但是最后一分钟她改主意了。"他是一个不便公开的朋友,这些人不会理解他的。"——伯爵夫人是一个有分寸的女人。

尤里吃早饭的时候表现得特别高兴,特别殷勤。丽塔觉得,所有这些有头有脸的将军们都应该高兴,因为他们适逢其时地与这位优秀谦虚的年轻人的命运联结在一起。

这一天,丽塔下课回家吃午饭,她下定决心:今天一定过去找他说说话。

可她得到消息说,尤里不在家吃午饭。"无所谓了,那就晚上等到他。"

天色已晚,大概十点多钟,她在走廊里游荡,听到他回来了并往自己屋里去。

"尤卢里亚,是你吗?可以进来吗?"

他站在书桌旁,在明亮的灯光下看一封信。他迅速转过身来。

"是谁啊?丽塔吗?进来,进来……"

"你不忙吗?你现在不出门吧?"

"不,不出门。天气很糟糕,我刚好头也有点疼。"

他把信扔到桌子上,上前两步迎接妹妹,抓住了她的胳膊。

"过来,过来,乌丽特卡。你还一次也没来我这儿呢。不习惯了,认生了吗?变得这么见外了。"

他们坐到一起,一个大沙发上,背着光。

"我没认生,尤里。我一直打算过来的……也不知怎么就没能过来。"

"喏,我们聊聊吧。你现在变聪明了,变成大小姐了。很独立。你去萨瓦托夫那儿了?去学习吗?"

"是的,只是我不想闲聊。我想和你说点严肃的,非常重要的事。"

"究竟是什么严肃的事啊,小姑娘?好啊,说吧。"

"尤里,瞧你已经不耐烦了。我这样没法说。"

"那我能怎么样?我不知道你想说什么。我不知道,你在这儿过得怎么样,和谁见过面,和谁没见过面,还有你现在在想什么。那我对你能说什么呢?"

她沉默不语,欲言又止。恐惧和猜疑让她备受煎熬。她忍了忍,叹了一口气。

"那,好吧。我其实也不知道,你这段时间过得怎么样,和谁见过面,和谁说了什么……你知道米哈伊尔的情况吗?"

尤里敏锐地望了她一眼。她的窘迫与怀疑瞬间尽收他的眼底,他似乎,全明白了。显然,这段时间她和某些人有过接触,听到了很多信息。但是,难道要和她认真地谈一谈吗?不过为什么要这样呢？他简简单单地回了一句：

"幸好，米哈伊尔当时没有被逮捕。我的那些文件里不见得有指向他的内容。也幸亏我对他的情况完全不了解，也不知道他的地址，什么都不知道。"

"不知道，这样很好吗？那万一知道呢？"

尤里哈哈大笑。

"现在可算明白了，顺便说一句，有一个可爱的人也在指望这个呢，就是说，也指望着我能知道些米哈伊尔的情况。他说，让米哈伊尔解释解释，而我袖手旁观……"

在说了这样一堆含糊不清的话之后，他打断了自己："是的，是的，我很高兴，用不着伸手去操心别人的闲事。我也为米哈伊尔高兴。他被捕可不是件好事。他们有很多人都是非常优秀的人。特别是米哈伊尔和娜塔莎。我没有忘记他们。如今呢，我十分幸运地偶然得知一件对他们来说非常重要的事情……"

丽塔不安地欠起身子。

"尤里……是什么事？究竟是什么事呢？"

但尤里却笑着摇了摇头。

"是有关一个人……不是对你重要，是对他们重要……"他调皮地说。然后又加了一句：

"米哈伊尔怎么了？你显然有些他的消息，他在哪？在这里吗？他什么事都干得出来。"

"他……"丽塔已经开了口,却又突然结巴起来。住口的时候,嗓子又奇怪地发紧。说还是不说呢?

尤里皱起眉。心烦意乱,索然无趣。他把身子探到桌子旁,点了一根烟,平静地说:

"你呀,丽塔,变得太神秘兮兮了。浑身散发着谜一样的气息,像一罐过了期的香水。我本来并不想聊这个话题的!可既然你开始了,那你就像个正常人一样好好说吧。"

丽塔顿时脸颊绯红。

"尤里,请你原谅。其实我也很难。其实很多事情我都不知道……米哈伊尔没在这里,但是离得不远。"她加重了语气,"我从他那获得消息……一些小便条,在萨瓦托夫那儿。"

"季杜夏?他可太机智了。倚老卖老啊……"

"不,是这样的……他们爱米哈伊尔。我甚至有一次在他们那儿见过米哈伊尔,只有一次。他不应该……"

"当然,不应该。那,他究竟和你说什么了?写了什么?"

"什么事都有……一张小便条。他顺便还说,你很快就会被释放,现在就会真相大白。结果真是这样……"

尤里想了想。

"他有没有和你说,我在牢里通过一些秘密渠道收到过他的一封信?"

她身子一哆嗦。

"他写过信？没有，我不知道。说什么？他有什么事问你吗？"

"是的，问了。"尤里微笑着说，"也许，你已经猜到了吧？他想直接从我这儿知道，怎么……他们是怎么审讯我的。他相信，我不会对他撒谎。我现在倒是非常愿意回答他……如果可以的话。"

"尤里……"丽塔稍微欠了欠身子。她心急如焚，很想问问，他到底会怎么回复？回复什么？但话始终没有说出口。

"处理信件是非常非常困难的，"她轻声说道，"他自己很久没有写信了，只是偶尔，有一张给奥列斯特的秘密便条……转交也很困难。但是可以转。一切都有可能。"

尤里没听她说话，突然打断了她：

"那么你知不知道，娜塔莎现在在哪儿呢？这个聪明女人及时离开了。"

"不知道。"小姑娘语气冷漠。

"米哈伊尔知道吗？"

"可能吧。我没问过他。"

尤里沉默了片刻。

"你怎么了，妹妹？受委屈了吗？我打断你了。"

"没有，没什么。无所谓的。"

"哎呀，太无聊了！你好像完全换了一个人！你想什么呢？我可是没有任何隐瞒，开诚布公、直截了当地在和你说话，如果可以,我甚至非常愿意和米哈伊尔见见面。我一共有三件事要找他。第一件事,是回答他的信,直接而准确地回答。第二件事,是非常想把一份文件带给他!这些人都很可爱,只是有些盲目,我很可怜他们。如果我偶然知道一些非常可靠的消息,能确定是谁在欺骗他们,那在我要走的时候,怎么能不告诉他们,不帮助他们呢?可是信里没法儿说这些,也没法儿写。第三件事呢……嗯,这是我的私事,一件小事,我想问问娜塔莎的地址。就这些了,我……"

丽塔再也按捺不住,脸颊绯红,像从前的小姑娘一样,一把抓住哥哥的手,还被他的烟头烫了一下:

"哎呀,尤里,亲爱的!不是的,我相信,我相信……啊呀,你要是能和米哈伊尔见一见那可太好啦。他也和我说过同样的话,同样的话,如果是你自己想这样做,那当然更好了……这可是你自己说的。而且你还有这么重要的……谢谢你。"

尤里在这间有些昏暗的办公室地毯上来回走着,边走边想。丽塔也不再说话,好像又有些畏惧了。

"听着,妹妹,坦率地说,见面有可能吗?"

"这要看你……"

"我怎么了啊?我是自由的,又不是在说我的事,我这就要出国了。他倒是在哪儿呢?"

"在彼得堡是见不了面的,怎么都不可能……"

"我不是问你这个!"尤里冲她吼了一声,"我是问,米哈伊尔在哪儿?"

"他……他在芬兰,尤拉,"她匆忙回答,"原谅我!我自己也不知道我是怎么了。我语无伦次。但是我相信你,相信!米哈伊尔也相信。他在芬兰,没错。没有住在一个固定的地方。但是你们若能会合就好了……"

"会合?没错,你是说得太颠三倒四了,小姑娘。你相信什么呢?相信我在审讯的时候没有平白无故地诬陷大家,没有暴露我知道的和我不知道的,没有故意损害他人,是吗?当然了!不对,问题不在这儿,而是……"

他一边想,一边在房间里徘徊。

"怎么了,尤拉!"惶恐的丽塔悄悄问道。

"不知道,没错……不是太方便……不方便到他那儿去……"

"尤里,其实你自己……好了,不用了。"

尤里又沉默了片刻。

"没错,我自己……我要是能见就好了。很可怜他们这些不幸的人。我要是离开了到时候就顾不上他们了,我一定会忘的。可应该和米哈伊尔谈谈。这么说,信是可以寄的吗?"

"非常难……但是可以寄。不过你不是也说了,信里没办法写一些最重要的内容吗?……最好是写个便条,约个见面地点,赫尔辛基附近或者什么地方……你指定好就是了。"

他又陷入了沉思。

"哪有的事,我去赫尔辛基还不知道去哪呢……不行,孩子,行不通。不值得。信我明天带给你,你看着办寄走吧。"

他温存地说,脸上渐渐挂满了喜悦。

"喏,神秘人士怎么又噘嘴啦?说真的,若不是急着要走,我还会猜猜的,且不说其他各种事。"末了,能潜入这样一场"秘密行动"让他觉得妙趣横生,秘密地前往芬兰,穿梭在芬兰悬崖峭壁和风雪中,"用斗篷遮住脸"……或许,现在还没有雪,但是没有"斗篷"是肯定不行的……

丽塔站起身,面色苍白。

"我求你,别笑。你想做什么,随便你,但是没什么可嘲笑的。我不许你这样。这对你来说不是游戏,不是游戏!"

"啊呀,太爱生气了!我的小不点,我的小妹妹呀,我豁达的小丽塔,快笑一个吧!我难道是想惹你生气吗?我也许有我自己的隐秘风格呢?比如一个最高纲领派女革命[1]一直在笑啊笑,不停地开玩笑,她实际上是在搞秘密活动,这是给自己打掩护呢,直到她彻底消失了,她的亲朋好友不知道她在哪儿。我的好姑娘,瞧你,板起个脸儿喽!"

他和她拉拉扯扯,亲吻她耳边娇嫩的脸颊,望着她的眼睛。她又情不自禁地笑了。

1　最高纲领派女革命指俄国社会革命。——译者注

"好了,不生气了,笑了!我和你还都是孩子,我们淘淘气也不为过。我们已经很久没见面了,可你到我这儿还要摆架子。走吧,小孩子,很晚了。我们还有机会好好聊的,我下周四前不一定会离开。"之后他很认真地说了一句,"我明天会把信给你准备好。你们也和季杜夏好好想想,怎么把信寄出去。别害怕,我也会尽力写得很隐晦……可以写的,我就写出来。我会好好想想的。"

丽塔走了。她满心狐疑,困惑不解。不是说自己,不是说自己的事,也不是说米哈伊尔……不,其实内心深处还是很清楚、很平静和坚定的。只不过表面上,有些让人害怕、捉摸不到、莫名其妙的东西在蔓延——灰蒙蒙的。而她,就像一个盲人,看不清。

丽塔在自己的白色卧室里慢慢脱下衣服,心里想:随它去吧……随它去吧……或许,我也应该不知道为妙。我只需要知道自己的事。尤里很可爱,但是也很可怕。为什么可怕呢?

她把头埋进了被子里,一颗心在不停地颤抖,结束了——太可怕了。她很糊涂,不聪明,她还很小,还很盲目。她睁开双眼——一片漆黑,漆黑一片,就好像她的的确确是一个盲人。

不,没什么,没什么,只是天黑而已。格利克丽娅忘记开灯了,仅此而已。

接下来想到的已经不是尤里,而是他,米哈伊尔。他不可怕。甚至也不用替他担心。他不会发生什么不幸的事,不会发生的。或许,他们再也永远见不到了?……那又怎么样。丽塔一个人走……去哪儿呢?回归自己,按照自己能做到的方式。无所谓。

但是他们会再见面的。不可能见不上的。前面的日子那么长、那么长,会永远见不到么?不会的,不会。她知道,一切都会有的。一切都会有的。

丽塔已经不害怕了。四周一片黑暗,但是内心深处一片澄明,像点了一盏灯。那里一片光明,那里她看得清清楚楚。

就往那儿看。只要往那儿看就没有恐惧。还有信念:一切都会有的。

第三十一章 过 客[1]

一个人随夜班火车抵达市火车站，从外表来看像是一位商人，大胡子，披一身厚呢长外衣，戴着男士便帽。

他和其他旅客一起来到一家小吃部，小吃部的房梁很高，屋里有点冷。周围熙熙攘攘，店门开开关关、砰砰作响。

有人要继续赶路，所以匆忙地吃上一口。小吃部的柜台旁，人头攒动，那里很亮，似乎比较暖和：通心粉、肉饼、香肠直冒着热气，热咖啡香气四溢。

一位端庄的芬兰女人在倒咖啡，关怀备至地照顾着乘客：乘客们自己拿来盘子，放满选好的食物，端到屋子远处的小桌子上。

大胡子乘客给自己装了满满一盘通心粉，又点了啤酒，走到最远的一个角落。坐到窗边一张什么都没铺的小桌子旁，那扇窗

---

[1] 此处也可译为"车站人"，在本文中是指那些居无定所，常在各个车站奔波的革命人。——译者注

户又高又黑。他开始细嚼慢咽。啤酒喝光了,又要了一杯。

门铃响了,人群骚动,店门砰砰更响……转瞬间又一片寂静。火车开了。

有些人还坐在小吃部的桌子旁。穿厚呢大衣的人也没走;在阴暗角落里人们几乎看不见他。芬兰小姑娘们,系着干净的围裙,在小吃部里张罗,夹着香肠的新菜又不知从哪里端了上来:马上又有一趟列车,从另一个方向来。而且不是最后一列。

这不是俄罗斯火车站。无论是杯子的摆放,店门的砰砰声,甚至人们的忙碌都让人感受到这不是俄罗斯的车站,不是俄式的车站。乘客进站不是喧闹地闯进来,而是迈着步子走进来。忙而不乱。柜台旁的芬兰女人很面善,但是她的动作并不快,况且所有女服务员与其说是服务,不如说是在维持秩序。她们完全不反对工作:两只胳膊很有力,小姑娘端着一坛子汤或者茶炊那么高的咖啡壶都不在话下,甚至都不用弯腰。而所谓"服务",就是像俄罗斯车站那些一身油腻腻燕尾服的奴才们四处乱窜的服务,和这些姑娘们完全不搭边,似乎,她们连想都没有想过。

门铃又响了,大门又砰的一声关上了,柜台旁又开始人头攒动,新鲜出炉的咖啡又一次四处飘香。

有两位乘客,端着盘子,拿了一瓶酒和几个杯子,朝远处的桌子走去,那位戴帽子的人安静地、舒适地窝在那儿,没人发现。他俩几乎和他紧挨着坐下了。

两个人的衣着都很不显眼,甚至你看见他们就像没看见一样。身上的确穿着衣服,但是穿着这衣服就像是戴着隐身帽一样。这隐身帽可不是任何人,也不是立刻就能搞到手的。不费一番周折是无法获取的。

但是,大胡子发现了他们两个。他暗自纳闷。他在等其中的一个;而另外一个,那个高个子,有点驼背,长着一双结实长胳膊的人,他完全不认识。所以,他没往旁边看,只是把自己的啤酒喝完。

附近的桌子都没人。靠柜台的地方还有人在那儿坐着,吃着,交谈着,但并听不清楚:这嗡嗡嘤嘤的低吟声弥漫在整个车站。

"不想尝尝我们的吗?"两位新同伴中离得比较近的那位问大胡子,"这喝的不错。是当地的。有一点浓度,但是还不错。"

大胡子瞥了他一眼。

"可以来杯当地的。"

"我再去拿个杯子,顺便,再来一瓶。"长臂人说完径直去了柜台。

大胡子看了看他一直在等待和认识的另外一个人,开口道:

"信。"

"嗯,太好了。您别担心,谢尔盖·谢尔盖耶维奇。他是我的同志,尤斯。"

"他知道什么吗?"

"我们的事吗?是的,该他知道的都知道。"

谢尔盖·谢尔盖耶维奇沉默片刻。

"我本来打算放弃了。"他若有所思,"在火车站的第二天。我很害怕,可别有人盯梢。没有,没被发现。他们谁也不认识我这张脸。"

"没看见,"米哈伊尔愉快地肯定,"昨天我没法过去。但是今天很幸运。"

他们交谈着,声音不高不低,一切正常。也没有人听。

谢尔盖·谢尔盖耶维奇不知不觉把一个淡蓝色的小信封放到桌上的盘子旁,然后转过脸,把已经凉了的通心粉吃完。米哈伊尔同样神不知鬼不觉地迅速拆开信封,没有从桌旁取走,快速浏览了这封写得满满的信。

然后,他看了看谢尔盖·谢尔盖耶维奇,又再次快速看了一遍,就藏起来了。

"他自己给您带来的?"

"不是……是她。她还请求带个话,如果可以的话会……"

"什么?"

"说他非常想……见面,本是他先提出来的……后来又改主意了。说见不了,他要出国。他很担心您。说实话,见面有什么用,您干吗要跟他在火车站奔波呢,能去哪儿呢?他现在估计有一大堆盯梢的,让他像我一样去旅行吧。给您带些下酒菜也好。"

"也好。她再也没说什么吗?"

"她说,他好像非常遗憾,他还有很重要的事找您,信里并没有写。是什么事,她说,她也不知道。但是,他给了这封信。"

米哈伊尔点点头。

"是的,是的,好的。那么,就是说,会的。"

"就这样回复吗?"

"口头回复:是的,好的。这个您可要明天就告诉她,好让她转告给他。我也可以给她写信。"

"不用了,我不会忘的。算了,天有不测风云,他们在白岛说不定会怎么样呢。'好的',这样回复足够了。"

"还告诉她,跟她说,实际上……你们见过我了,我,我们会和她见面的,我确信。"

"好的,我会告诉她。怎么会见不到呢!人的时代是斗转星移的。"

"好的,好的……来咱们最好干杯吧!尤斯去拿杯子了,还有其他什么!时代变迁,但我们的时光还没过去。我们眼下还有很多时间!或许是四十分钟,也没准儿一个小时!"

尤斯走过来坐下了。

"我不能在城里待待吗?"他问米哈伊尔,"或者你留下来。"

"干吗呢?废什么话!我们还要送老板呢,下趟车一起去吧。这里的姑娘们,谢天谢地,没那么殷勤,压根儿没有注意到我们。

咱们一起干杯吧!"

他们又倒满了酒,干杯。这"喝的"东西有点烈,但是谢尔盖·谢尔盖耶维奇练都不用练。

米哈伊尔也没喝醉,尽管,他或许以前就喝过。他今天脸色很奇怪,既严肃又黯淡,目光虽不凝重,但却很犀利和痛苦。谢尔盖·谢尔盖耶维奇被这种目光注视不知是害怕还是害羞。他自己甚至也有些困惑。

"现在我们就和您一起好好地干上一杯,亲爱的谢尔盖·谢尔盖耶维奇您。"米哈伊尔笑着说,"偶尔应该喝醉一回。我们也不是圣徒。你们呢怎么说,按照你们的章程,不禁止吗?"

谢尔盖·谢尔盖耶维奇耸耸肩。

"什么啊。哪来的什么章程?只是在火车站坐着聊聊天而已。这算是什么聚会的地方。"

尤斯笑了。

"对我们这帮人来说,正是这个地方。我们本来就像是在车站过日子一样。来了,看看,铃一响,咻,走人,都不见了。"

"太对了!"米哈伊尔说道,"而您呢,谢尔盖·谢尔盖耶维奇,您现在已经习惯在舒适的环境里坐着聊天吧?在自己的沙发椅,完全隔离的安静环境里?这里显然不太安静,都是乘客,门来回砰砰乱响……可我们就是这样的人;我们的事业也是这样的,打游击似的,没着没落的……"

"你怎么了,舒林?别说了。"尤斯说。

"没事的,您没生气吧,谢尔盖·谢尔盖耶维奇?我是因为喜欢才说的。让我们用'你'来相称,干了这杯吧,好吗?和过客称呼'你'可以干杯的。"

"可以,"谢尔盖·谢尔盖耶维奇表示赞同,"还有,为什么要生气呢?我只是不能理解您……"

"不理解吗?原来如此。没关系。请您看着我的眼睛,就能理解了。我们自己也说过,只要看一个人的眼睛,就会理解他。现在呢,咱们先干杯吧,亲爱的!"

大家都干了。尤斯也干了。他们和谢尔盖·谢尔盖耶维奇互相都很有好感。

"知道吗,尤斯,"米哈伊尔又开口了,"我们的谢廖沙有两个朋友。他们还有谢廖沙都是非常优秀的人,很聪明,他们很同情我们这些车站杀手。他们提出很多建议,似乎都不错,但是对于我们这些愚笨的人来说,有些含混不清,让人费解。他们之间很和睦,在一起生活,看上去他们好像都知道秘密,但又都不会说出来。他们觉得很好。他们同情谁,就给谁提建议。哎,尤斯,我们也搞个三一会吧,免得在火车站到处流浪。"

"拉倒吧,别妄想了!"谢尔盖·谢尔盖耶维奇压低声音,"你醉了还是没醉啊,我可不许你这样说话哦。你给我闭嘴。要不就好好说,我会回答你。"

"我可以好好说。我也想好好说。我从来都没喝醉过。咱这儿也没有你的朋友,无所谓。我全都告诉你。"

"别说了,舒林。"尤斯又插了进来。

"不,让他说吧!"谢尔盖·谢尔盖耶维奇差点喊出来,"或许,这才是他真正要说的。让他说吧!"

米哈伊尔看了他一眼,忧伤地说:

"谢廖沙,我说的是,现在任何人,哪怕多知道一点点的人,有远见的人,全都应该到我们这儿来,到像我这种徘徊犹豫的人身边来帮忙。没时间在喝茶的时候互相聊天,在安静的环境里聊天。要是这样的话,所有的同情以及你们那些模棱两可的建议,完全是不需要的。其实这都是教义上的、庸俗的同情。"

"现在就连庸俗的同情,也都很稀有了。"尤斯说道。

谢尔盖·谢尔盖耶维奇沉默了一会儿。

"一点点,"他终于说道,"或许,我们知道的可能比一点点多一些。可就这么点,有啥用呢,能帮上什么忙呢?"

"能帮上什么忙?哎,谢廖沙!只要你想帮,怎么会不知道怎么帮呢?一件小事,一句明白话,这都是帮助……一句明白话后面必然站着一个愿意伸出援手的人,而这是一种很强大的力量。任何一个人出于'同情'都可以站在远处给出建议,而并不是帮助,所以建议不是帮助,没什么用处。而你,带着信来了车站,这比建议有用多了。你觉得,我所说的这种真心实意付诸行动的明白话,没有什么用吗?不是你说的那一点点帮助么?"

但是他突然挥了挥手。

"算了,这事我也说不好。您很好,就按您自己的方式活吧。我们,这些过客,跟您不是一类人。"

"你先别急着挥手啊!"谢尔盖·谢尔盖耶维奇又喊了起来,他自己也吓一跳,然后接着小声说,"不久前尤丽塔·尼古拉耶芙娜也说过类似的话。她说,要'同情'别人,那就把你所有的东西都拿出来,尽力帮忙,不要原地待着,什么都不做,干坐着!我们的圈椅只是你们想象的样子,实际也没有多么舒适。你脑子糊涂了,你难道不明白,我们这三个不想依靠他人,自力更生的家伙,不也是这样的过客吗?你何必要叫我们去你那儿呢?咱们一起聚到同一个地方,买块地,造自己的房子吧!这才是我们要干的事。到时候所有的一点点帮助都会派上用场。一定会实现的!不可避免的。你说得对,要让真心实意想帮你的人为他说过的话负责,而不是随便对来客提些没用的建议。你也别再拿椅子来说事儿了:车站才是我们的,而不是椅子。你自己不是也已经厌烦透了吗!"

尤斯这回没有坐在一旁不理不睬,而是饶有兴致地听着他们聊天,但是他很惊讶:

"这都是些什么隐喻啊。想造房子。这到底是什么意思呢?你和我好好说说,亲爱的,三一会是什么?为什么需要这个呢?舒林说……"

谢尔盖·谢尔盖耶维奇怒形于色。

"蠢人就是废话太多,三一会!要是你想知道,那就告诉你。当时在工厂发生了一件事,一件很糟糕的事……"

"我知道,我知道,"米哈伊尔打断他,"你记得吗,尤斯,我留宿那晚给你讲过的?"

尤斯点了点头。

"就是那件事,"谢尔盖·谢尔盖耶维奇接着说,"不堪回首啊。当时瘸腿奥列斯特差点没失去理智。连我也惊呆了。我在想,怎么会这样呢?我也参与了这件事。我呢,虽说以前是个有党性的人,可早就有了各种杂七杂八的想法,心里乱哄哄的。我去找他们,找老爷子,还有瘸子。我们一起努力,一起反复考虑了很久。我们在想:为什么没有成功?不管怎么看:人们的愿望都是好的,结果却是糟糕的。事情没办好,自己也跟着遭殃。就拿您来说吧……其实以前不是这样的。"

"那是什么样?"尤斯好奇地问。

"嗯,很显然,随着时间的推移,人是在变的。人心变贪婪了,但是他们自己却不知道这一点:为什么会这样,他们想要什么,自己并不清楚。他们想要人们像遵从上帝的旨意一般听从他们的命令,而自己又觉得,这是跟人打交道的事情,所以得商量着办。做事不用心,所以就什么也没做好。"

"哎……扯远了,"尤斯失望地拉长声音,"你这是干什么?"

"我是说,你也一样啊,亲爱的,你想按照上帝的方式发号施令,但又不习惯那么做,所以总说:不,要好好商量,父辈怎么做,我们就怎么做。"

"可结果不是一样吗?"

"问题就在于,结果不一样啊。心胸不够宽的人是不会成功的。你也不要把人想得太不堪。人总是比他自己认为的还高明一些。来吧,来吧,就按照上帝的方式做吧,用不着害羞;那到时候商量着办也会有好结果。"

"得了吧,这是想入非非啊。"尤斯冷笑,米哈伊尔皱了皱眉头。

"你干吗吵啊?他只是在表述自己的观点。只不过他说的话不一样,有自己的方式罢了……"

"那你想不想我翻译一下呢?"谢尔盖·谢尔盖耶维奇叫了一声,"你以为,我不明白你说的话吗?我可以翻译出大意的。你们的最高计划完全失败了,没效果,一点用处也没有,所以,连最低要求也满足不了。不管你同不同意,你都得明白这一点。"

"我们没有意识形态……"米哈伊尔悄悄插了一句。尤斯强颜欢笑。

"随你们去吧!看吧,又一列火车来了。是不是你的火车啊,苦行僧?他们开始行动了,没错!意-识-形-态!我们该想想,怎么才能安然无恙地从一个车站到另一个车站,而他们却在想什么意识形态!"

"是不是我的啊,是我的!"谢尔盖·谢尔盖耶维奇心神不宁,"这些人应该是从伊马特拉来的;是我的火车。"

周围一片骚动。铃声响了。尤斯站起身。

"我去看看。顺便结下账。"

米哈伊尔喝光了剩下的葡萄酒。换了种神情看了看谢尔盖·谢尔盖耶维奇。

"我很苦闷,谢廖沙!"他半压低声音说道,"我们在讨论,争论,解决问题,可实际上每个人都有自己的一套。我妈妈快要去世了。很久以前,两周前收到信说已经不行了。现在估计已经过世了,可是我很高兴我不知道真相。我不知道,所以我就可以回忆她活着的样子。娜杜夏,或许,也不知道;这样更好:其实你去不去都无所谓。我妈妈是一个有点干瘦的小老太;我以前,经常抱着她在房间里走。她只有我们两个人。她大概已经过世了,但是我不知道。"

谢尔盖·谢尔盖耶维奇把自己的手放在米哈伊尔的手上。

"你是我的好朋友。思念吧,思念吧,就像思念活着的她。不要害怕,爱永远存在。上帝与你同在。"

尤斯急匆匆跑上前。

"是的,刚好是你的火车。"

谢尔盖·谢尔盖耶维奇加快了脚步。

"来了,来了。趁人多,好办事。我会说我应该说的内容,我全都记住了。要再见了,现在有一件事是很明确的,那就是我们一定会再见的。做完最后的事,米哈伊尔,我们会再见的。和你不是永别,"他转向尤斯,"我说的话有什么对不住的地方,请你原谅吧,恐怕有些事你自己也已经知道了吧。"

人群蜂拥而去,火车开走了,带走了谢尔盖·谢尔盖耶维奇。米哈伊尔拿出一封信,又认真地读了一遍。

"怎么了?"尤斯问。

米哈伊尔把信塞进兜里站起身来。

"以后再说。"

他们出门上了月台,走进炉灰一般黑的夜里。他们来回走着,在等待自己的火车,远处,看不见一块木板,远处,看不见一盏微弱的灯。

干裂、刺骨的寒冷让尤斯缩成一团,他一直在嘟嘟囔囔:

"是的,管它什么……意识形态……管它呢……"

米哈伊尔其实没细听。

第三十二章　红房子

或许是秋日的天空，一片沉重，犹如一块湿漉漉的毛毡，或许是堡垒那场突如其来的、旷日持久的恼人事件萦绕在耳边，不论是什么，彼得堡已经让尤里厌恶至极了。他对这座城市失去了所有兴致。

他四处游荡，——所到之处人们都铁青着脸，病怏怏的，凶巴巴的，像十月里褪了色的苍蝇。继续往前走吧，找个空气还算湛蓝的地方。或许，去意大利逛一逛。他非常喜欢罗马。不过，当然，首先要找到娜塔莎，到时候再说吧。

他不知不觉地来到了丽莎那儿。她不在以前的房子里，寻找和打听都很无聊，也没必要。瓦隆卡舅舅未必会离开她。嗯，那样就更好。等尤里再回到彼得堡，能找到谁就可以找。

他脑海里闪过玛什卡。是啊，日后连她也能找到的。可现在不该戴便帽，不该去卡扎齐。顾不上这些了，烦闷得很，以后再说吧。

离开，是的；他脑海里一直在考虑，他一手策划的这一场临行前的奇遇。他彼得堡生活的终结将是与众不同的。

况且应该告诉米哈伊尔真相，告诉他尤里在堡垒里发生和没发生的一切。米哈伊尔了解他，当然知道尤里在审讯的时候不会保持沉默，他说了需要说的一切，以保全自己。没有办法，只好如此。万幸的是，事情的结果也很偶然，如果说尤里是因为无法避免而给别人带来了一些伤害的话，那么，这伤害或许是可以忽略不计的。比如，赫霞并不是因为他而被捕；他肯定要说到赫霞，是在后来，很久以后，那时说什么其实对赫霞来说已经无所谓了。他很侥幸，有很多人他都回避了，故意没提。

当然，米哈伊尔非常聪明，他根本不会相信雅科夫推到尤里身上的一切。但比如这个科诺尔就很不幸……雅科夫大概让他相信，赫霞是因为尤里才牺牲的。

其实，尤里对雅科夫并没有任何愤懑或不满，比起这些，倒不如说是对他的鄙厌。背叛，特别是一贯的背叛，在尤里看来始终是不慎重、不聪明的做派。这个狡猾的笨蛋太在乎自己了！他还有什么希望呢？迟早会有人揭穿他的本来面目，即便不是尤里，也会有其他人。到时候，后果不堪设想……

总之，无论是雅科夫的行为还是雅科夫这位微不足道的人，对尤里来说，他是完全麻木的。当然，这个人为了自己的某些目的和利益害他在监狱里待了几个月,做些无聊的审讯,还不小心伤害了别人,这一点让人深恶痛绝……尤里会心甘情愿把他轻易得手的文件送给米哈伊尔。他们这些人啊!太盲目了,一帮瞎子!米哈伊尔是有些远见,但是他,一个可怜的阶下囚,也不允许考虑自己的"个人感受"。

好吧,现在就让这些盲目的人好好看清事实真相吧,如果这还不算晚的话。

谁也不应该知道,尤里给米哈伊尔写了什么。见鬼去吧,秘密,就是秘密!罗曼蒂克,就是罗曼蒂克!

尤里指定米哈伊尔在红房子见面。

他非常细致地、乐此不疲地考虑了所有细节。当时写的那封信,通过毫不知情的丽塔和可靠的谢尔盖·谢尔盖耶维奇的手终于传到了米哈伊尔手中。

出国的日期定下来了。周五。在最后一顿午餐的时候,丽塔脸色略微苍白,默默地盯着哥哥。他很奇怪,但是很善良。他身上散发着明媚的美!

尤里很高兴,但表现得并不过分;伯爵夫人可不会对这过分的欢乐而感到愉悦,毕竟这是分别。尤里自己也很温情地看着伯爵夫人:她慷慨地安排了他的这次旅行,他心满意足。尤里身着一件考究的深蓝色旅行短上衣愈显年轻和活力:看上去也就十八九岁。他亲切而贴心地和父亲说着话。尼古拉·尤里耶维奇没有再度消沉，始终精神饱满。

"你怎么了，妹妹，怎么这么忧伤啊？"尤里倾身靠向妹妹。他们并排坐着。然后又继续说："学傻啦？学习当然好，只是，若是你想继续学习，那不如到国外的某个大学呢，而不是在国内做个讲习班的学生。"

"我会去的"，丽塔说，但她的声音特别轻，只有尤里一个人能听见。

伯爵夫人驳回了尤里：

"她要去私塾……是由我们善良的季季姆·伊万诺维奇负责的。听说，经营得很不错。"

"我听说，萨瓦托夫要离开讲习班了。他好像要和瘸腿侄子一起到国外去，到那儿也要搞个类似的，但不知道具体是什么。"

"别说了，尤里。"丽塔又小声说了一句。伯爵夫人抬了抬眉。

"这是怎么回事啊？不，不会是这样的。那有什么用呢？他们这是幻想。"她冷漠地下了结论。

但是时间在流逝。该去火车站了。尤里只带了一个箱子和一个书包。他不能忍受大家送他去火车站，所以庄严的告别仪式就在这个大客厅里举行。大家都默默地坐着。第一个起身站起来的是伯爵夫人，她干巴巴地紧紧拥抱着尤里，亲吻他，还拿一些不起眼的小十字架给他做祷告。

"再见，尤拉！"丽塔魂飞魄散，小声说道。

在前厅格利克丽娅不知从哪儿冒了出来,哭咧咧地伏在尤里的臂膀里。她今天一整天都在号啕大哭。尤里却笑得不行。

"您这是怎么了,格利克丽娅,上帝保佑您!您这又不是和我永别啊!够了吧!"

随后门关上了,屋里瞬间安静下来。

丽塔沿着走廊慢慢回自己屋。

"尤里就这样不在了,"她恍恍惚惚,满腹忧思,"不在了,又不在了,好像从来没有存在过。存在过吗?不存在吗?……"

尤里奔驰在黑色的街道,途经星光斑驳的路灯,直奔华沙车站。他面朝利帕特宽阔、黝黑的脊背。他正用双腿紧紧控制着这匹赞不绝口的走马赫万名,只不过这个夏天,他发福了。

没有雨。有的地方似乎在逐渐变干,也或许正上冻。

这就是河道上的桥,这就是高耸的钟……这就是那个拐角和漆黑的过道。

"好吧,利帕特,珍重吧。问候大家。保护好赫万名。"

利帕特摘下帽子。

"愿上帝保佑您,尤里·尼古拉耶维奇。非常感谢您,我们会努力的。"

尤里看着利帕特在给马掉头。快点吧,快点吧!时间勉勉强强够用。皮箱已经寄存了。尤里不是今天出境,而是明天,上午十点。

现在要赶到城市的另一个尽头，另一个火车站。

怎么才能更快些呢？租辆马车？还是跳上电车呢？

一个半小时后，尤里已经在芬兰铁路矮矮的车厢里昏昏欲睡了，车厢很空而且有点冷。他这个盹儿打得很舒服，很惬意。梦中他在思考，不用说话，比如，设想自己在前往亲切的、古旧的红房子。步行。他没忘记路，不管有多黑，他都会找得到。况且路也没那么崎岖。管家只是夏天的时候住在附近，但是他，也是在夏天，今年八月份的时候去世了。第二个门廊没有钉紧，但是上了锁和插销。远见卓识的尤里连钥匙也考虑到了。不经意间，好像是在玩弄伯爵夫人一串旧钥匙的时候，觉着有用就拿走了。

但是，实在太冷了！夜越深，离彼得堡愈远，冷空气就愈加干裂和刺骨。

锁和插销的问题让尤里颇费了一番脑筋。他不觉得寒冷，反而有些燥热。何况，寒冷只会让人更加精神振奋。离开车站在干冷的黑夜里步行还挺惬意的。可这里太僻静、太偏远、也太黑了！尤里感觉周围的松树都长高了，靠在一起，有点拥挤。没错，即便是大白天里，你在十步之遥也是看不见红房子的，只有一座小塔耸立在一片阴森的、灰蒙蒙、墨绿色的树林上空。

尤里内心实在是高兴、喜悦。他回忆起向丽塔所描绘的各种见面场景：他穿梭在芬兰的大雪里，"用手帕蒙着脸"。手帕是没有，不过有红房子，干吗要这么神秘兮兮的呢？说到雪呢，其实并不多，干冷干冷的，星星点点……落在脸上，懒懒地、柔柔地化开。

尤里在门厅里点了一根蜡烛。很遗憾，他没有考虑到灯的问题。不过，也没什么，这样也可以的。

在无人居住的房子里，谁也不会看见光的，因为所有的窗户都被钉上了。即便没有被钉紧，谁又会看呢？谁会在这秋天的大半夜里来这里呢？红房子一直矗立在这儿，似乎，不仅是深夜，不仅是今天，而且一直，一直到春天都这样矗立着，谁也不会经过这里。

从门厅穿过一个空空的小"餐具台"，尤里来到另外一间屋子，是以前的"第二餐厅"，看情况，要在这里安营扎寨了。

但实在是太冷了！他看了看手表。米哈伊尔大概过二十分钟或者四十分钟就会来了，要看他乘哪次列车。得尽快收拾得舒适一些。

这间屋子很长，四扇窗户都是朝里的，可惜集体失明了，因为玻璃上都钉着褐色木板。桌子上什么都没有，栅栏状的椅子破旧不堪。窗户的对面，紧挨着大门的拐角处是一个壁炉。

要能把壁炉生起火来就好了。这时，屋子里还未被清理出去的旧破烂就派上用场了。尤里轻松地折断两把椅子，干草堆成的炉篦点燃了。

现在应该把桌子推到靠门近一点的地方，这样离火炉近一些。

桌上摆着用瓶子装的高高蜡烛，一瓶红葡萄酒，一块黑麦小面包，还有一个纸包，不知道里面装了什么。

总算还有可招待的食物：他刚好在去车站的路上弄到这些东西，然后又一直拖了五俄里才到这里。

尤里跪在壁炉前，这时，隔壁房间的地板嘎吱作响，餐具台的两扇旧门被打开了。

"是你吗，米哈伊尔？"

米哈伊尔迅速进了屋，一身深色，身上有些地方还落了些初雪。他急三火四，气喘吁吁，应该是赶路的时候非常匆忙：

"快走，尤里。马上就走，见不了了。我们的见面暴露了。"

尤里跳了起来。

"暴露了？真该死，太荒谬了！那……你快点离开吧。"

"不，不是你想的那样。"

"那是怎么回事？谁知道了？"

"别问了，没时间了，快走吧。有没有其他的路？"

"你简单说说。这实在是太蠢了！你害怕什么呢？"

"没什么，没什么……我只是希望你立刻就离开。我们的见面被科诺尔知道了……"

"怎么知道的？"

"我今天才知道，尤斯跟他说的。不是尤斯的错：我什么都和他说了，包括对你的指控有多危险，我甚至还暗示他……但目前只是暗示。尤斯应该会跟着我来这里的。我想……"

"什么？"

"我想你能当着他的面说出有关自己的一切，一五一十地。还有堡垒的事。他们对你的指控很严重，非常严重。"

"那都不是真的……"

"我知道不是真的……所以我希望你能当着他的面，尤斯的面，说出雅科夫的事。"

"雅科夫？难道你已经猜到，他是谁了？"

"早就猜到了，但是他们不相信我，现在也不信。"

"不需要谁相信。"尤里冷冷地说，然后从侧兜里拿出一张窄窄地叠在一起的纸。"拿着吧，亲笔信，能效劳我非常高兴。"

米哈伊尔看了一眼，把纸条藏起来，脸色更加苍白。

"现在快走吧，走吧！你要明白，科诺尔知道我和你今天在这见面……万一科诺尔……而且这个……雅科夫。"

"好吧，我这就走。你少安毋躁，喝点葡萄酒，我马上就走。要能一起走就好了。"

尤里绕过桌子，往细杯子里倒了点葡萄酒。颜色暗淡，沉甸甸的红酒，微微摇曳。壁炉反射的火光打在玻璃杯上，红酒泛起紫红色的泪光。

"我不喝，用不着。"米哈伊尔焦急万分，"你不是小孩子了，你应该明白需要离开。雅科夫什么事都能干得出来的，他会想尽一切办法阻止你和我见面。他什么事都能干出来。他还有一帮忠心耿耿的奴才,类似于这位倒霉的科诺尔……科诺尔送去精神病院就好了,可他,鬼知道,最近和这个雅科夫鬼混在一起,雅科夫在拉拢他……岂有此理!精神病!"

尤里忙从椅子上抓起自己的大衣。

"米哈伊尔,如果雅科夫怀疑我有过那封信,那他就会明白,他在我们这儿要做的事反正落空了。那他就会采取公开行动。这样的话,我俩一起离开应该更靠谱些。"

他想了一下。

"或者是不是再冷静地等一等呢?万一在路上碰见呢?干吗没头脑地往枪口上撞?"

"不知道,不知道……不,我几乎可以肯定,雅科夫还不会公开地干。尤里,我们不应该一起再待在这儿。雅科夫只知道一点,那就是你挡了他的路。去他们的吧,当然,离开吧……"

他们几乎把声音压到了最低。尤里手里拿着大衣,回头找自己的帽子。他还想说点什么,但是止住了。突然,他俩开始侧耳倾听。

但是周围一片寂静。只有几乎听不到的、仿佛柔风吹拂松树发出的呼呼声。也或许不是那个声音。或许,是太过安静,耳边响起血液流淌的汩汩声。

突然尤里懊丧地晃晃脑袋。

"这叫什么事啊，走就走吧，"他大声说道，"这可真是太荒唐了！现在溜掉太不罗曼蒂克了，但是为了迎合你……我们做的是一回事……"

"先别说其他的了，我自己知道。"

"那说我吗？是的，米哈伊尔，你自己应该知道，我在审讯的时候不会不说话的，但是我只会说我需要说的内容。幸好，都是一些微不足道的情况。赫霞很不幸……"

米哈伊尔几乎没听，他心急如焚，惴惴不安。他面朝尤里，背靠壁炉。那些干巴巴的木板燃烧得很快，现在噼里啪啦地倒塌了。

"赫霞死在了牢里。"

"是的，很不幸……她倒了一身煤油自焚了。但是，好像哪也没有煤油灯……太遗憾了。"

"你说过她的事吗？尤里？科诺尔确信你……"

"她被捕不是因为我，你现在知道了吧？肯定会提到她的，没错；但这都是后来的事……好吧，再见吧，就这样吧。你最好也离开吧……"

"我会走的，"米哈伊尔悄悄地说，"只是我要等到尤斯……"然后又加了一句："再见吧，我会离开的，我会彻底离开……我要去的地方，大概，我和你不会在那儿见面的。也没必要。"

尤里似乎明白了这莫名其妙的话里所隐含的意义，耸耸肩，笑了。

"怎么知道呢?和我在任何地方都可能见上面的。我喜欢所有的大街小巷。这还是要看机缘。我现在希望你幸福……可你未必就会幸福的。"

尤里一只手拿着大衣,另一只手越过桌子伸向米哈伊尔。

"尤里!"

"怎么了?我就走,就走!问尤斯好。别担心,我认识这里所有的小路。你倒是别迷路了。"

然后他依然微笑着,咧着渐渐泛白的双唇,向门口走去。

可是大门在他面前轻轻一碰就碎成了两半,发出微弱的噼啪声;这时,不知道是一个人还是一个怪兽,如一发黑色的子弹硬闯了进来,椅子轰隆隆倒塌了一大片,颤悠悠地桌子腿架着的桌子也摇摇欲坠,终于扑通一声倒下了,四处散放的餐具开始叮当作响,蜡烛灭了。米哈伊尔仰面倒地,头靠向已经燃尽的壁炉(只剩下一丝红色微光),一个桌脚砸向了他,很疼。

那个子弹一般闯进来的怪物,不知是人还是怪兽,在一片漆黑中狂吠不已,跑来跑去,鬼哭狼嚎,像怪兽在低声怒吼,又像是一个人在嘟嘟囔囔,仿佛黑夜自己在号叫,像一个发了疯的多爪多嘴野兽被黑色的毛线堵得喘不过气来。

米哈伊尔把沉重的桌子角推开,用手撑起身子,手被烧了,后来又割伤了,他跳起来又倒了,终于,他抓住桌子竖着的一块木板，站起身来。他大概喊了一声，但是自己都没有听见自己的声音。

脑海中第一个清晰的念头是：点火！是的，他有灯笼，就在壁炉旁。看见灯笼了，完好无损。现在，现在，只需要打开侧壁……

其实没有任何指望。他不知道发生了什么，但是知道一切已经无法挽回了。

一道狭长的红光从壁炉倾泻而下。米哈伊尔走上前来，走到桌子板后。

"尤里，尤里！我的天哪，快拿水来！"

尤里的腿上，科诺尔像一个小黑猴一样坐在那里，浑身抽搐。这个猴子还在那低吠，还在那嘟囔，但是已经没先前叫得那么凶了。他转着那双疯狂而空洞的眼睛，奇怪地颤动着手指。

"我实在……拿他一点办法也没有。"米哈伊尔旁边响起了一个刺耳的声音，"他这种状态……"

米哈伊尔用手搂住尤里的肩膀想把他抬起来。

"拿水来，水！"

但是，尤里身体的重量，灯光下那张平静的面孔让米哈伊尔意识到，尤里已经死了。没说一句话，没有一声呻吟，似乎也没有任何挣扎，就死了。

"说真的，我拦不住他呀，米哈伊尔。"雅科夫再次吃力地说，他绿色的面具在抽动,堆成一脸皱纹。"我们停下来都听到了。这个人不是都向你招了么……我也实在是管不住他了……"

左肩下面,尤里的蓝色旅行短上衣上插着一把深色的芬兰刀柄。筋疲力尽的猴子弯曲着手指伸向刀柄。他想拔出来吗?他害怕了吗?但是没力气。

也没时间。米哈伊尔牢牢抓住科诺尔那双颤颤悠悠的手,把他远远往墙上一甩。科诺尔飞了出去,笨重地扑通一声倒在地板上,坐在那里,双腿摊开,瞪着白眼,嘟嘟囔囔。

米哈伊尔面前,黑夜里敞开着的房门门槛处,是尤斯。他刚刚过来,站在那里,细长的身子,有点驼背,全身是雪。

"这是怎么回事?"

"尤斯。是谋杀。雅科夫把科诺尔灌醉了,推他拿着刀从拐角进来。他算好了时间,算好了要杀的人还来不及走……他做到了,尤斯。雅科夫是叛徒。我有证据。"

雅科夫蹑手蹑脚地把一只手伸进衣服口袋。但是尤斯粗鲁而迅速地奔向他,一把掐住他的脖子,使劲往后扳,就像在拧一个软软的藤条。

"杀人犯……"雅科夫声音嘶哑,"打啊,打啊,狗崽子。"

"尤斯,滚一边去!这不是我们的事!"

"打啊……打啊。"

"打叛徒!"突然,科诺尔那一连串怪兽般嘟囔声中冒出了几个清晰的词。

他茫然地看着,坐在地板上,摇摇晃晃,疯狂地舔着不知为何弄脏的手指。是什么弄脏的呢?洒的葡萄酒吗?不是葡萄酒吗?

米哈伊尔终于扳开了尤斯的手。

"滚开,我说你呢!"

雅科夫面无人色地靠墙站在那里。

"尤斯,你怎么敢这样,我命令你把他放开!"

"为什么放开!这怎么能放开?"

"把他双手捆到后面去。听见了吗?尤斯,我不希望你这样,我不许你这样。"

尤斯喘着粗气,照他说的做了。

"捆起来,捆得紧点……这是带子。此外什么也不要做了,不要做,打住!让其他人来处置他,不是我们。现在不要惹麻烦……不行。快点!该走了。我们一起离开。"

"你们这是怎么了?"雅科夫突然哭丧着脸,哼哼唧唧,"你们就把我扔在这等死吗?亲爱的……"

"去死吧,去死吧叛——徒!"科诺尔又一次清清楚楚,单调地大叫,疯狂地舔着湿漉漉的手指。

"大概,这家伙明天早上会醒过来的,他会解开的……唉!"尤斯咕哝了一句,勒紧了绑带,"这个鬼东西,用什么把他灌醉成这样?"

米哈伊尔手里拿着灯笼,俯身靠近尤里的身体。

面无血色。一张死人的面孔。这张脸好像从来就没有活过。毫无生气的美。眼睛半睁半闭。米哈伊尔看啊看,很怕在这张毫无生气的面孔里分辨出他熟悉的、可爱的、他永远珍视的其他特征……哥哥!就是它,无法改变的!

无法改变的?或者只是难以忘怀的?

"准备好了!走吗?"

尤斯也走到尸体旁边停下来,看了一眼。

"这可真是……太不幸了……"

他摘下了帽子。

米哈伊尔站起身来。他迈过地板上长长的、黑乎乎的水洼。这是什么?洒了的葡萄酒?或者不是酒?他和尤斯两个人往外走了,头也没回。

泛红的光线跃上墙壁,一下子掉下来向前跑去。终于,消失不见了。

黑暗中只剩下三个人:一个死者,一个疯子,一个被捆起来的人。

第三十三章 头　骨

静谧的三月。

其实还没到三月，二月末而已，但是空气已经是三月的味道了，包括阳光、天空，还有大地都是三月份该有的模样：只有平原上某些地方和一些低矮的山岗上还覆盖着零零星星的白雪。此时的冬天已经没那么寒了，天空早早迸发出春天的气息。

平原上一眼望去，随处可见一圈一圈的铁路。遥远的地方铁轨闪闪发光，隐没在稀有的松树丛里。侧面也有一小片类似的多节松树林。紧挨着这片松树林的是一座灰色的木质教堂，教堂和松树林之间没有围墙。教堂只是用木头搭的架子，已经发黑的原木每根都很细，整个教堂框架很高，四个支架撑着，下面空空如也。很奇特的教堂：和童话里老巫婆住的鸡腿小木屋[1]一模一样。

在这座灰色的教堂里，在这欢乐的早晨，人们正在为玛莎的

1　鸡腿小木屋是指俄罗斯童话中老巫婆住的用鸡爪子架起来的小房子。——译者注

孩子安魂祈祷。

玛莎站在小木棺材旁,仔细聆听着牧师震天动地的祷告,牧师穿着一身破旧的短袍,语速飞快,让人既听不清楚、也听不明白。诵经者急匆匆地说完,然后又轮到牧师。玛莎没有哭,只是不住地叹气,用手帕擦着脸。昨天刚一来,就从晚上开始哭,哭得撕心裂肺,今天给娃娃穿衣服往棺材里放的时候,也哭得伤心欲绝。

看家的奶妈说已经裹了两天了。她去找他的医生,她这个那个的……她自己非常懊悔。现在就站在玛莎的旁边,围一条毯子,领着自己的小姑娘,玛莎并没有抱怨她;也好,似乎是命吧。

耶沃卢什卡脸色微黄,眼睫毛都粘在一起,但是依然俊俏。

小巧的鼻子很精致,一绺浅色的鬈发从帽子底下钻出来贴在额头上。

"小家伙太……头发很卷……伊柳什卡……"玛莎只想到了这些词,她一直都是这样评价他的。他当年起教名的时候,她一直想和神父说,让他叫伊利亚,但是神父给起了个名字格里高利。所以,也就是耶沃卢什卡[1],但是对于玛莎来说,他在她心里就是伊柳什卡[2]。

神父拖长声调地念着,诵经者急匆匆地说着,看家奶妈不停

---

1 耶沃卢什卡是格里高利的昵称。——译者注
2 伊柳什卡是伊利亚的昵称。——译者注

地擤着鼻涕,而玛莎的思绪则一直围绕着"鬈发小男孩"打转。现在人们要把他埋起来了,以后将不再有他了……什么都不会有,就像从来没有过一样。

他是新年后出生的。玛莎没在以前的地方住:在那,斯捷潘妮达让她受尽折磨。新的老爷们都还不错。小姐发现了玛什卡,匆匆地询问了一番说道:"那么,我们现在要走了,你不会被赶走的,和女厨留在家吧,等我们再回来,估计你就处理得差不多了。"

大家都走了,玛什卡住了下来。咨询孤儿院的情况。生活过得还不错。只是大街上人们议论纷纷,除此之外都还不错,女厨是个善良的女人,她以前也发生过类似的事。

最近,在分娩前,玛莎完全没想过伊利亚:消失了,就是消失了;仿佛钻进了大地里;好像她在梦里见过他;他的样子只剩下一个模糊的记忆。秋天,她那时还在老地方住的时候,她还有过思念,尽管她没有承认过。秋天发生了一次这样的事。

黄昏的时候,玛什卡和安纽塔沿着城外路从 24 号大楼往回走。她看见,人行道上放着很多雪橇(刚刚下了第一场雪),而雪橇里——伊利亚。

是他。灰色羊羔皮帽遮住了额头,他的眼睛是快乐的。

玛什卡完全失态地直奔向雪橇。

"伊柳沙,伊柳什卡!"

他看着她,一言未发,而安纽塔则直扯玛什卡的裙子。

"哪有什么伊柳沙啊?你干吗呀?你难道没看出来,这是小姐啊!"

玛什卡眼前一片模糊。伊柳沙就是这样的。大门口打扫院子的人们都在笑。玛什卡既羞愧又恐惧,忍不住号啕大哭。

这位小姐坐在雪橇里向她鞠躬,询问状况,她什么也不明白。她们本该离开了,可是玛什卡紧紧抓着这位小姐,哭哭啼啼,唠叨着伊柳沙的情况。马车夫问这些扫院子的人:她喝醉了吗?但是小姐从口袋里拿出一个小本子,写了些字,撕下一张交给玛什卡:

"亲爱的,您按这个地址来找我吧,到时候您讲讲,我像哪个伊柳沙。到时候您什么都可以告诉我。您别哭了。"

商店里出来一位女士,她坐进小姐的雪橇里,一起走了。

玛莎把地址留下了。但是玛什卡考虑了很久,反倒有些胆怯了。为什么要去一个陌生的小姐那儿呢?哪来的伊柳沙啊?她似乎觉得已经是黄昏了。所以当时就没去。

还没生孩子之前,她一直在想孤儿院的事,就像大家说的:还能去哪呢?可当他们把这么一个细长的、白白的小鬈毛送来喂奶,他抓着她的乳房,瞪着黝黑的眼睛看着她的时候,玛什卡猛地一下呆住了。她怎么能把这么一个可爱的小鬈毛送到孤儿院呢?

她毅然决然地把孩子带回了家。女厨卢克里娅吃惊地叫了

起来:

"你疯了吗,姑娘。我们怎么敢啊?老爷们就要回来了,你是要和他流落街头吗?"

"你快看啊,这个小家伙多俊啊,卢克里娅!要这样的话,最好把他送谁那儿领养呢。我的伊柳沙!"

"也许,"卢克里娅表示赞同,"我有个女朋友。在波罗的海公路,是看门人的妻子。让她领养吧。"

玛莎喂养了这个婴童两周。老爷们回来了。都很惊讶。小姐把这个娃娃一通夸赞,在得知他是格里高利后,就称呼他尤里,然后说道:

"玛莎,我完全理解你,但是你喂养了两周,也差不多了,该结束了。你要送他去卢克里娅的朋友那儿么?那明天就送走吧。"

就这样玛莎把耶沃卢什卡送到了看门人的妻子那里。小姐很善良,头一个月她还给了一笔钱,然后就顺其自然了。玛什卡祈求看门人的妻子看在上帝的分上爱惜这个小鬈毛,要刷奶瓶,别让奶嘴黑了。耶沃卢什卡在门房里最后吸了一次母乳,然后玛莎就离开了。

她刚一走就立刻想念起来。想念谁,她也不明白。想念耶沃卢什卡还是伊柳沙呢……她坐卧不安。这时她想起了那位小姐。至少可以跟她讲讲。想到这儿,她立刻去找那位小姐了。

房子很豪华。玛什卡还有些发蒙,大门口的门卫已经在看她手里的地址了。

"你不可能见到小姐的,伯爵夫人现在不会客。"

"我来找小姐……"玛什卡战战兢兢,"是她自己这样写给我的。"

"什么时候写的?已经说得清清楚楚了,你根本见不到他们的。他们都出国了,要三个月左右呢。"

"出国了?"玛什卡小声说道,"也就是说,小姐她不是当地人吗?"

看门人生气了。

"你怎么回事啊,亲爱的?你到底要干啥呢?你自己不知道你在找谁吗?要是落款写的尤丽塔·尼古拉耶夫娜,那就是伯爵夫人的外孙女,你才不是当地人呢!"

"伊利亚没在您这儿当过差吗?"玛什卡完全无意识地问了一句,自己也感觉到,她不会收到任何回复,在看门人没有把她推到大街之前,她应该尽快离开。

她走了。为什么要来呢?

看门人的妻子很少寄信来。玛什卡已经习惯了,渐渐忘了。然后突然就来了一封信:"快来吧,当妈的,耶沃卢什卡不好了,快不行了。"就在那个晚上玛莎来到了门房,而他早已咽了气,正等着下葬。

"就这样埋了吧。"她面无表情,听着那些莫名其妙的话,盯着细长蜡烛的火光。在太阳光下，火苗从教堂的窗户里歪歪扭扭向上冒着烟，就像透明的黄点在蜡烛上空蜿蜒。棺木里的耶沃卢什卡比火光和蜡烛还要黄。头发倒是金闪闪的，就像还活着一样。

"或许，他本来就是个不幸的人……"玛什卡寻求自我安慰，想起了看门人妻子的话。但是这些话没能给她多少安慰，因为她根本不相信。他是幸福的。生来就是幸运的。瞧吧，还是个小鬈毛。小鬈毛，多幸运啊。怎么会这样呢，怎么就死了呢？

葬仪结束了。玛什卡并没有看到，棺材被钉死了，诵经人把它抬出了教堂。沿着晃晃悠悠的梯子，顺着太阳，往下走，一直到低矮的多节松树林中有密集十字架的地方。

很快一切都结束了。棺材下葬了，神父和诵经者都走了，挖墓的男人也走了，现在只剩下一个湿漉漉的小土包，玛什卡站在面前，看门人的妻子披着毛毯巾，领着自己的小姑娘。

"行了，亲爱的，别太难过了。上帝保佑小心肝安息……行个礼吧，从坟头抓把土留个念想儿，咱们走吧。喝点茶，给娃娃祈祷安息吧……"

和这座新的湿土包并排着还有其他土包，大大小小，一个挨一个；土包上生长着黄色的枯草，枯草之间，有空余的地方，到处白雪皑皑。一团团黑土地之间还有些白乎乎的东西。

"这都是啥呀，婶子？"玛什卡盯着这些东西问，"像骨头……"

"是头骨,亲爱的,头骨……没办法,我们这里的墓地就是这样的。我们挖得浅,因为不容许挖,有地下水。挖得浅呢,过几春以后一些比较老的坟墓就给冲毁了。我们这儿的墓地本来就太老了,很不好,太老了。"

她弯下腰,拾起一个小圆碗,在温柔的太阳光照耀下那么的干净、那么的纯洁。

"这就是头骨,冲刷干净了;能看出来,也是个娃娃……我们这儿这种东西很多的。夏天有个小姐,过来避暑的,看见了这个就拿走了;她说,她要拿到自己的书桌上摆着。后来没多久我又看见她送回来了。说什么,不行,似乎这东西放她那儿总是不太安宁:我总是做梦。最好把它们还给大地吧,用土埋上。然后她就埋上了。只好如此吧。"

玛什卡开始从坟堆上给自己挖点土下来,但是她却一头扑下去号啕大哭。

"伊柳沙!耶沃卢什卡!我的小鬈毛。你们让我这个可怜的人去找谁啊……让我找谁啊……让我找谁去啊……"

蔚蓝色的圆碗在上空那么清澈、那么温柔。春天即将来临的讯息毋庸置疑。青春三月,近在咫尺。

看门人的妻子拽着她的衣衫,善良地劝说:

"行了,小媳妇,起来吧,起来吧。为娃娃这么伤心不好。"